Abenteuer!

MAJA NIELSEN ERZÄHLT

Pioniere der Lüfte

>>> Der Traum vom Fliegen

Fachliche Mitarbeit: Richard Carcaillet, Bertrand Piccard und Gerhard Filchner

GERSTENBERG

Die Autorin Maja Nielsen ist gelernte Schauspielerin. Durch ihre beiden Söhne kam sie zum Schreiben spannender Abenteuergeschichten. Viele davon sind als Bücher und Hörbücher erschienen oder wurden als Hörspiele und Reportagen im Rundfunk gesendet. Für die Bücher der Reihe *Abenteuer!* stehen ihr Experten der jeweiligen Sachgebiete zur Seite.

Fachliche Beratung dieses Bandes:
Richard Carcaillet, 1960 in Frankreich geboren, studierte Luft- und Raumfahrttechnik in Frankreich, Deutschland und den USA. Seit Oktober 2003 ist er Leiter des Produktmarketings für die *A380* und *A380F* bei Airbus.
Bertrand Piccard, geb. 1958 in Lausanne, entstammt einer berühmten Familie von Ballonfahrern und Tiefseeforschern. Der Wissenschaftler und Abenteurer hält mehrere Flugrekorde, darunter die erste Weltumrundung mit einem Ballon ohne Zwischenlandung. Das neueste Projekt von Piccard ist eine Erdumrundung mit dem eigens dafür gebauten Solarflugzeug *Solar Impulse*.
Gerhard Filchner, Kurator für Luftfahrt und Leiter der Flugwerft Schleißheim, einer Außenstelle des Deutschen Museums in München, übernahm die fachliche Durchsicht dieses Bandes.

Reihenkonzeption: Magdalene Krumbeck, Wuppertal
Gestaltung, Satz und Litho: typocepta, Köln
Illustrationen: Claudia Carls, Hamburg
Grafik S. 27: Peter Palm, Berlin
Druck: Offizin Andersen Nexö, Zwenkau
Printed in Germany

www.gerstenberg-verlag.de

ISBN 978-3-8369-4850-0

Inhalt

>>> Der Traum vom Fliegen 6

1. Der Flyer 8

2. Wilbur und Orville 14

3. Lilienthals Vermächtnis 20

4. Kitty Hawk 28

5. Saurer Schweiß und harte Arbeit 34

6. Der erste Motorflug 40

7. Der Triumph 48

8. Schneller – höher – weiter 54

Chronik 60

Tipps 61

Register 62

Der Traum vom Fliegen

Durch die Luft fliegen, blitzschnell von einem Ort zum anderen gelangen, über Kontinente hinweg – was heute vielen Menschen ganz alltäglich erscheint, war vor etwa 100 Jahren noch ein Traum. Damals versuchten Flugpioniere auf der ganzen Welt, unter Einsatz ihres Lebens diesen Traum zu verwirklichen.

Unter ihnen sind zwei amerikanische Fahrradhändler aus Dayton im US-Bundesstaat Ohio. Drei Jahre lang arbeiten die Brüder Orville und Wilbur Wright wie besessen daran, mit ihrem *Flyer* die erste motorisierte Flugmaschine in die Luft zu bekommen, die voll steuerbar ist. Ganz im Geheimen führen sie am Strand von Kitty Hawk ihre halsbrecherischen Flugversuche durch, denn die Konkurrenz ist ihnen dicht auf den Fersen …

So geheimnisvoll geht es heute in der Flugtechnik nicht mehr zu. Beim Bau des derzeit größten Verkehrsflugzeugs der Welt, der *A380*, arbeiteten 5000 Flugzeugentwickler weltweit zusammen, um nicht nur das größte, sondern zugleich das sparsamste und leiseste Flugzeug unserer Zeit zu bauen. Der französische Produkt-Manager des europäischen Flugzeugherstellers Airbus S. A. S., Richard Carcaillet, berichtet von der Zusammenarbeit des großen Teams und schildert den aufregenden Moment, als der 560 000 Kilogramm schwere Gigant sich zum ersten Mal in die Luft erhebt.

Dagegen hat sich der Schweizer Wissenschaftler und Abenteurer Bertrand Piccard ein ganz anderes Ziel gesetzt: Sein Flugzeug, die *Solar Impulse*, soll nicht größer sein oder schneller und weiter fliegen als alle Flugzeuge zuvor – es soll das erste sein, das ganz ohne Treibstoff auskommt! Nur mit der Kraft der Sonne will Piccard einmal um die ganze Welt fliegen. Der Traum vom Fliegen geht weiter – heute wie vor 100 Jahren.

Manchmal denke ich, dass der Wunsch, fliegen zu können, uns von den frühesten Ahnen überliefert worden ist, die neiderfüllt den Vögeln nachsahen, die frei und ungehindert durch die Lüfte zogen.

Wilbur Wright

1

Der Flyer

Samstag, 1. August 1908. Eine Rennstrecke in der Nähe der kleinen Stadt Le Mans, 200 Kilometer südwestlich von Paris. Etwa 30 Personen sind hier zusammengekommen: Geschäftsleute, die sich für neue Technologien interessieren, Mitglieder eines Fliegerklubs, ein Journalist. Außerdem sind ein paar Kinder über den Zaun geklettert. Sie haben aufgeschnappt, dass hier heute ein Flugversuch stattfinden soll. Ein amerikanischer Fahrradhändler wird einen Testflug machen, heißt es in der Stadt. Er will sein selbst gebautes Flugzeug vorführen und wie mit einem Automobil in der Luft eine Spazierfahrt unternehmen. Der Amerikaner behauptet, er könne sich bis zu einer Stunde oben halten und sogar Kurven fliegen. Der Flieger war noch nie in der Luft. Auch nicht in seinem Heimatland. Der Amerikaner behauptet dennoch, dass er abheben wird. Er habe alles ganz genau berechnet. Wilbur Wright heißt der Mann, der sich an diesem schönen, klaren Augusttag zum Gespött der Leute machen will. Sein Bruder heißt Orville. In den Zeitungen nennt man sie die „Lügenbrüder".

Da wird das Fluggerät von den Mechanikern auch schon aus dem Schuppen geschoben. Ein merkwürdiges Ding, zwei mit Stoff bespannte Flügel türmen sich übereinander. Ein Doppeldecker, der

Rechts: Freiwillige Helfer ziehen das Gewicht an die Spitze des Turms. Beim Herabfallen löst es den Katapultstart aus.

Oben: Wilbur Wrights Mitgliedskarte des *L'Aéroclub de France,* ausgestellt am 7. Januar 1909

Wie funktioniert ein Propeller?

Die einzelnen Schraubenblätter eines Propellers sind ähnlich wie ein Flugzeugflügel geformt. Zwei oder auch mehrere Blätter sind in einer Nabe befestigt, die von einer windschnittigen Haube bedeckt ist. Wenn sie sich in Bewegung setzen, beschleunigen sie den Luftstrom. Kommt der Propeller ins Rotieren, erzeugt er genau wie eine Tragfläche einen Druckunterschied. Der Druck auf der Rückseite des Propellerblatts ist höher als auf der Vorderseite. Die Luftschraube bewegt sich und alles, was an ihr hängt, in Richtung des geringeren Drucks – also nach vorn. Mit 877 km/h schnellstes propellergetriebenes Flugzeug der Welt ist zurzeit das sowjetische Verkehrsflugzeug *Tupolew Tu-114.*

Die meisten Leute behaupteten, dass alles nur ein großer Schwindel sei – er ist gar kein Erfinder, er ist ein Lügner.

Henri Delgove, der als 13-Jähriger am 1. August 1908 an der Rennstrecke dabei war

Das *Model A*

Der Doppeldecker, den Wilbur und Orville 1908 der Weltöffentlichkeit vorführen, ist das *Model A.* Allein in Deutschland werden bis 1914 60 Flugzeuge dieses Typs hergestellt.

Besatzung: 1
Passagiere: 1
Länge: 9,45 m
Spannweite: 12,50 m
Flügelfläche: 47,38 m
Leermasse: 363 kg
Triebwerk: Wright-4-Zylinder mit 28 PS

von der Form her ein wenig an eine riesengroße Ente erinnert, was an dem vorn angebrachten Höhenruder liegt. Die Experten des Fliegerklubs begutachten das Gerät mit kritischen Augen und tauschen sich leise darüber aus. „Mit dem Höhenruder bestimmt der Pilot, ob sein Fluggerät steigen oder sinken soll", erklärt einer der Experten zwei neugierig fragenden Jungen. „Dass es vorne angebracht wurde, ist äußerst ungewöhnlich!" Dann deutet er auf den Motor, der sich direkt neben dem Pilotensitz auf der unteren Tragfläche befindet. „Das ist der Antrieb. Nur 28 PS. Keine Ahnung, wie das funktionieren soll." Die beiden Jungen stellen fest, dass die Leistung des Motors mithilfe einer äußerst stabil wirkenden Fahrradkette auf zwei riesige Propeller übertragen wird, die vorne an den Tragflächen angebracht sind. Sie haben einen Durchmesser von 2,55 Metern.

Die Jungs spitzen die Ohren, um mitzubekommen, was die Experten von dem Fluggerät halten. „Die Konstruktion ist völlig verquer", sagt ein Mann mit Schnurrbart kopfschüttelnd zu seinem Nebenmann. „Ein vorn liegendes Höhenruder – das wird nie und nimmer funktionieren. Kann gar nicht."

„Warten wir's ab!", sagt der andere achselzuckend.

Und in dem Moment hat das Warten auch schon ein Ende. Es geht los.

Die Mechaniker hieven das Gerät auf einen Wagen, der auf einer Schiene steht. Sie erinnert an ein kurzes Bahngleis. Wo das Bahngleis beginnt, ragt ein hoher Turm auf. Das Fluggerät ist mit stark gespannten Seilen mit dem Turm verbunden. „Wozu wird der Turm gebraucht?“, bestürmen die wissbegierigen Jungen den Experten. „Als Katapult. Es wird Mr Wrights Flieger mit 700 Kilogramm Fallgewicht in die Luft schleudern. Gleich wird es hier ordentlich krachen. Ihr verschwindet jetzt besser von der Rennstrecke. Wer weiß, ob alles nach Plan läuft.“

Der Bluff geht weiter!

Die französische Zeitschrift *Le Sport* über die Brüder Wright

Die Kinder verdrücken sich auf die Haupttribüne und warten gespannt ab, was als Nächstes passiert. Erst jetzt begreifen sie, dass der hagere, große Mann in dem mausgrauen Anzug, der den Mechanikern Anweisungen gibt, der fliegende Amerikaner ist. Mit ernstem Gesicht geht er immer wieder um die Maschine herum, prüft die Verspannungsdrähte zwischen den Tragflächen und jede einzelne Schraube. Gewissenhaft überzeugt er sich bestimmt bereits zum fünften Mal von der Festigkeit der Tragflächen.

Nach außen scheint Wilbur Wright ruhig und gelassen, aber innerlich ist er in höchster Anspannung. Er kennt die hämischen Berichte der Zeitungen über ihn und seinen Bruder und spürt, dass keiner der Anwesenden an ihn glaubt. Er ist überzeugt, dass ihr Flieger zuverlässig funktionieren wird. Was er fürchtet, ist sein eigenes Versagen. Es ist etwa ein halbes Jahr her, dass er an einem einsamen Strand in North Carolina zuletzt eines seiner selbst gebauten Flugzeuge geflogen hat – damals endete der zwanzigminütige Flug mit einem Absturz. Dieses Mal darf nichts schiefgehen, sonst war all die harte Arbeit der letzten Jahre umsonst.

Wilbur Wright ist nach Europa gekommen, um Flugzeuge zu verkaufen. Hier ist man ganz verrückt nach Flugzeugen. Und das

Oben: 1908, Le Mans, vor der Flugvorführung: Wilbur montiert den Motor des *Model A*.

vor allem in Frankreich: Seit der Ballon der Brüder Montgolfier 1783 als erster Flugapparat der Welt in den Himmel stieg, seit der Franzose Henri Giffard knapp 70 Jahre später das erste Luftschiff über die Dächer von Paris steuerte, träumt die ganze Nation vom freien Fliegen, frei wie die Vögel.

Aber dieser Traum wird wohl nie Wirklichkeit. Wer sich mit einem Fluggerät den Lüften anvertraut, spielt mit seinem Leben! Wie der berühmte deutsche Flieger Otto Lilienthal, der vor zwölf Jahren mit seinem Gleiter aus 15 Metern Höhe abstürzte und sich das Genick brach. Zwar kann man jedes nur denkbare Fluggerät in die Luft steigen lassen, aber steuern und beherrschen lässt sich kein einziges. Natürlich glaubt keiner der Anwesenden daran, dass es Wilbur Wright und seinem Bruder Orville bereits vor über zwei Jahren geglückt sein soll, das Geheimnis der Steuerbarkeit zu lüften. Davon hätten die Zeitungen überall auf der Welt mit riesigen Schlagzeilen berichtet. Denn das wäre beinahe so, als hätte jemand herausgefunden, wie man Stroh zu Gold macht. Es wäre eine schier unglaubliche Sensation.

Gelingt also Wilbur Wrights Flugversuch in Le Mans, dann werden die Brüder als große Erfinder in die Geschichte eingehen. Alle Welt wird bei ihnen Flugzeuge bestellen. Versagt der Amerikaner, dann wird in Kürze ein französischer Flugzeugerfinder Ruhm und Ehre erringen und obendrein das große Geld verdienen. Wilbur weiß, dass er und sein Bruder im Flugzeugbau die Nase vorn

Unten: Erster Aufstieg einer Montgolfière am 4. Juni 1783. Aus Sicherheitsgründen erhoben sich die Brüder Montgolfier selbst nie in die Lüfte.

Die Brüder Montgolfier

Die Brüder Joseph-Michel und Jacques-Étienne Montgolfier gelten als Erfinder des ersten Heißluftballons, der Montgolfière. Die Brüder, die gemeinsam eine Papierfabrik leiten, lassen einen kugelähnlichen Leinensack von 12 Metern Durchmesser, der mit einer dünnen Papierschicht beklebt ist und von einem Netz aus Schnüren in Form gehalten wird, in die Luft steigen. Für den Auftrieb sorgt aufsteigende heiße Luft. Dazu verbrennen sie Strohballen und Wolle. Ein Hammel, ein Hahn und eine Ente werden am 19. September 1783 in Anwesenheit des französischen Königs Ludwig XVI. und seiner Gemahlin auf die erste, acht Minuten dauernde Reise durch die Luft geschickt. Als erste Menschen fliegen Jean-François Pilâtre de Rozier und François d'Arlandes mit einem Heißluftballon. Unter Anteilnahme von 60 000 begeisterten Zuschauern gelingt ihnen am 21. November 1783 ein 25-minütiger Flug über Paris. Danach kommen Ausflugsfahrten mit dem Ballon groß in Mode.

haben, aber die Franzosen sind ihnen dicht auf den Fersen. An diesem Nachmittag geht es um alles oder nichts. Zu dumm, dass Orville in Amerika bleiben musste. Der Bruder ist der einzige Mensch auf der Welt, dem er blind vertraut. Alles wäre leichter, wenn er jetzt hier wäre.

Noch ein letztes Mal geht Wilbur fast lauernd um das Flugzeug herum, dann ist er bereit. „Meine Herren“, sagt er leise zu den Anwesenden, „ich werde jetzt fliegen!“ Entschlossen steigt er auf den Pilotensitz und schnallt sich an. Die Mechaniker setzen durch Drehen der Propeller den Motor in Gang. Die gebannt blickenden Zuschauer halten den Atem an.

Die Propeller wirbeln. Das Katapult ist gespannt. Der Amerikaner schließt kurz die Augen und lauscht konzentriert auf die Geräusche des Motors. Er hört nichts, was Anlass zur Sorge böte. Die Luft ist ruhig, es geht nur ein leichter Wind. Ein idealer Tag zum Fliegen. Mit einer entschlossenen Bewegung senkt Wilbur Wright den Hebel, der das Katapult auslöst. Im Turm stürzt ein Gewicht herab und reißt die Seile nach vorn, die am Flugzeug befestigt sind. Der Doppeldecker rast die Gleise entlang, schon ist er in der Luft. „Er fliegt! Er fliegt!“, rufen die Kinder begeistert. Gleich darauf schreit einer der Erwachsenen entsetzt: „Er stürzt ab! Er stürzt ab!“ Zehn Meter über dem Erdboden hat die Maschine eine steile Schräglage eingenommen. Die Zuschauer springen von den Sitzen. Sie hören es schon krachen. Aber Wilbur Wright fliegt nur eine Linkskurve,

Unten: Bei Wilburs erstem Demonstrationsflug bei Le Mans sind nur 26 Augenzeugen anwesend. Zwei Tage später strömen bereits 4000 Menschen an die Rennstrecke.

Er fliegt! Er fliegt! Er ist kein Lügner, er ist ein Flieger.

Henri Delgove

dann richtet er seinen Flieger wieder auf. Mit unbeschreiblicher Leichtigkeit dreht der Amerikaner mit seinem großen, weißen Vogel zwei Runden über der Rennstrecke und setzt nach 1 Minute 45 Sekunden in einer sanften Landung auf.

Die Zuschauer schreien durcheinander, gestandene Männer haben Tränen in den Augen, alle laufen auf Wilbur Wright zu, wollen ihn umarmen, sogar küssen, sie sind völlig aus dem Häuschen. Der Traum ist Wirklichkeit geworden: Menschen können jetzt frei wie die Vögel fliegen. Ein neues Zeitalter ist angebrochen! Diese 105 Sekunden in der Luft haben alles verändert.

Alle bestürmen Wright, gleich noch einmal zu fliegen, aber der Amerikaner lehnt ab. Er will nichts riskieren. Erst für zwei Tage später ist der nächste Testflug angesetzt.

Doch er nimmt sich Zeit, auf die Fragen des Journalisten zu antworten, der diesen historischen Flug beobachtet hat. Die Zeitungen haben in den letzten Wochen viele Unwahrheiten über die Wright-Brüder veröffentlicht. Nun sollen sie eine andere Geschichte erzählen. „Mr Wright!“, sagt der Zeitungsschreiber, wobei sich seine Stimme vor Aufregung fast überschlägt, „wie ist es Ihnen gelungen, das Problem der Steuerbarkeit zu lösen?“

Oben: Wilbur erbringt am 1. August 1908 in 1 Minute 45 Sekunden den Beweis, dass die Wrights allen anderen Flugzeugbauern haushoch überlegen sind.

Keiner von den Zuschauern ist nach Hause gegangen. Sie umringen Wilbur Wright und hängen atemlos an seinen Lippen. Der Amerikaner schließt kurz die Augen, um sich zu sammeln. Als er sie wieder öffnet, fällt sein Blick auf die beiden technikbegeisterten Jungen, die ihn mit glänzenden Augen anstarren. Da zeigt sich zum ersten Mal an diesem Tag ein Lächeln auf seinem sonst so ernsten Gesicht.

„Alles begann mit einem kleinen Spielzeug, das unser Vater mir und meinem Bruder Orville von einer Reise mitbrachte, als wir Kinder waren“, sagt er mit ruhiger Stimme. Und dann erzählt er die ganze Geschichte. Von Anfang an.

2

Wilbur und Orville

„**So lange ich denken kann**, verbrachten mein Bruder Orville und ich jede freie Minute zusammen“, beginnt Wilbur Wright seine Erzählung. „Wir spielten zusammen, arbeiteten zusammen, und sogar unser Denken wurde mit der Zeit gleich.“

Obwohl Wilbur vier Jahre älter ist als Orville, sind die beiden schon als Kinder unzertrennlich. Die Brüder entstammen einer sehr gläubigen Familie. Ihr Vater bekleidet das Amt eines Bischofs. Milton Wright bringt seinen fünf Kindern bei, Gott zu achten und seine Gebote zu befolgen. Ihre Mutter Susan ist eine sehr tüchtige Frau mit großem handwerklichem Geschick. Sie fertigt nicht nur die Kleidung für die Familie selbst an, sondern kümmert sich auch um alle Reparaturen rund ums Haus. Die beiden Jungen lernen von ihr, dass es für jedes Problem eine Lösung gibt, wenn man sich nur bemüht.

Als Wilbur elf und Orville sieben Jahre alt sind, bringt der Vater den beiden Jungen von einer seiner Reisen ein ungewöhnliches, neuartiges Spielzeug mit: eine kleine Flugmaschine aus Bambus und Papier. Angetrieben wird der Flieger von zwei ineinander verdrehten Gummibändern, die zwei Propeller in Bewegung setzen. Wilbur und Orville spielen stundenlang, tagelang, wochenlang mit dem kleinen Flugzeug. Als das Mitbringsel kaputtgeht, bauen sie sich neue Modelle. Sie machen zahllose Flugexperimente, aber je größer die Flieger werden, desto kürzer halten sie sich in der Luft. Es gelingt den Kindern nicht, herauszufinden, woran das liegt. Schließlich verlieren sie das Interesse an ihren Flugzeugspielereien und wenden sich anderen Dingen zu.

Wilbur und Orville lieben es, Geräte auseinanderzunehmen, daran herumzuschrauben, sie zu verbessern und dann wieder zusammenzusetzen. Sie bauen Drachen, die so schnittig fliegen, dass sie sie für gutes Geld an ihre Klassenkameraden verkaufen können. Die Geschicklichkeit in handwerklichen Dingen haben die Brüder von der Mutter geerbt.

Unten: Wilbur und Orville bestaunen die französische Spielzeugflugmaschine *Hélicoptère*, die ihnen ihr Vater von einer Reise mitgebracht hat.

Oben: Bischof Milton Wright und seine Frau Susan vermitteln ihren Kindern traditionelle christliche Werte. Im Hause Wright wird kein Alkohol ausgeschenkt und alle Arbeit ruht am Sonntag.

Als Orville zwölf ist, beschäftigt er sich intensiv mit Holzschnitzereien. Mit 17 baut er aus dem Faltdach einer Pferdekutsche und verschiedenen Schrottteilen eine Druckerpresse. Ein alter Grabstein dient ihm als Unterbau. Er schraubt so lange an der Presse herum, bis sie rekordverdächtige 1000 Blatt in der Stunde bedrucken kann. Zu diesem Zeitpunkt scheint es, als würden die Brüder, die bislang unzertrennlich waren, unterschiedliche Wege im Leben verfolgen. Orville richtet sich im Haus seiner Eltern eine Druckerei ein. Er verlässt die Schule ohne Abschluss und steigt ins Druckgeschäft ein. Bald gibt er eine kleine Zeitung heraus, die *West Side News,* eine Nachbarschaftszeitung mit vielen Anzeigen. Er wird zu einem erfolgreichen Geschäftsmann.

Wilbur, der ausgesprochen gern und viel liest, ist der Nachdenklichere von beiden. Oft hängt er seinen Gedanken nach, auf manche wirkt der zurückhaltende, überaus ernste Junge regelrecht verschroben. Er hat vor, auf das College zu gehen. Er könnte sich gut vorstellen, Geistlicher zu werden, so wie sein Vater. Gewissenhaft bereitet er sich auf die Aufnahmeprüfungen vor.

Aber dann macht ihm im Winter 1885 ein Sportunfall einen Strich durch die Rechnung. Beim Eishockey auf einem zugefrorenen Teich fliegt einem Spieler der Schläger aus der Hand und landet so unglücklich in Wilburs Gesicht, dass sein Mund eine einzige blutige Masse ist und ihm zahlreiche Vorderzähne ausgeschlagen werden. Es dauert lange, bis er sich von seiner Verletzung erholt. Monatelang hat er Schmerzen. Aber auch als er körperlich wieder gesund ist, wird er nicht mehr der Alte. Er geht kaum noch aus dem Haus, mag sich mit seinen kaputten Zähnen nicht in der Öffentlichkeit

Wir hatten als Kinder das Glück, in einer Umgebung aufzuwachen, in der Kinder sehr stark ermutigt wurden, zu erforschen, was auch immer sie interessierte.

Orville Wright

Links: Das Wohnhaus der Familie Wright in Dayton, Ohio, 1900. Das gesamte Haus wird 1936 in Einzelteile zerlegt und an einem Museumsort 340 Kilometer entfernt in Michigan wieder aufgebaut.

zeigen und will auch nicht mehr aufs College. Er hat jeden Antrieb verloren. Über sieben Jahre zieht er sich vollständig zurück.

Es ist Orville, sein tatkräftiger, unternehmungslustiger Bruder, der ihn aus diesem düsteren Zustand herausholt. Orville hat schon wieder etwas Neues entdeckt: Fahrräder! Ganz Amerika ist verrückt nach ihnen. Die neuen Modelle sind so ausgereift, dass jeder das Radfahren leicht erlernen kann. Für 160 Dollar hat Orville sich ein Columbia-Fahrrad mit diesen neuartigen Luftreifen gekauft. Jetzt geht er bei sämtlichen Radrennen im großen Umkreis von Dayton an den Start. Bald legt auch Wilbur sich ein Rad zu. An den Rennen nimmt er nicht teil, dazu fühlt er sich noch nicht in der Lage, aber er hilft Orville, an seinem Rennrad herumzuschrauben und es schneller zu machen. Freunde bitten die Wright-Brüder häufig um Hilfe bei Reparaturen an ihren Fahrrädern und irgendwann ist auch Orville weit häufiger in der Fahrradwerkstatt, die er sich eingerichtet hat, als in seiner Druckerei zu finden. Schließlich verkaufen sie die Druckerei und eröffnen gemeinsam einen Fahrradladen. Zuerst verkaufen sie die Räder nur, dann vermieten sie auch welche und bieten zusätzlich einen Reparaturservice an, und schließlich fangen sie an, eigene Räder zu entwerfen und zu bauen. Der Fahrradladen wird ein riesiger Erfolg. Sie ziehen schon nach wenigen Monaten in ein größeres Geschäft um und stellen Helfer ein. Besonders im

Unten: Eine Konstruktionszeichnung des Gleitflugzeuges von Otto Lilienthal von 1895

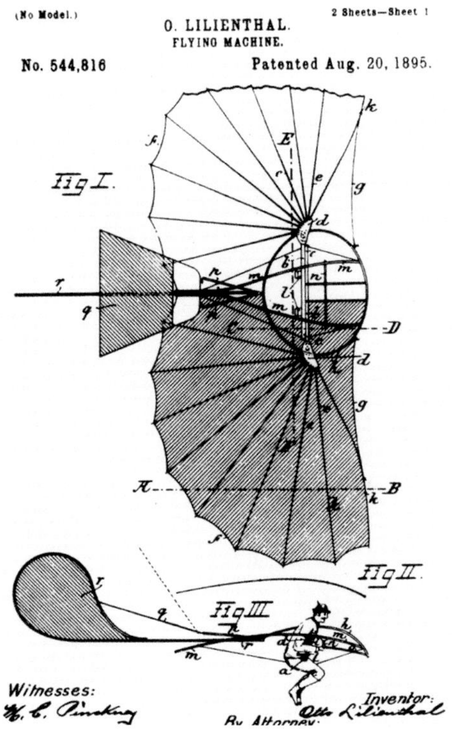

Sommer, wenn alle Welt mit dem Fahrrad Ausflugsfahrten unternimmt, brummt der Laden. Im Winter, wenn in Dayton meterhoch Schnee liegt, geht es etwas ruhiger zu. Dann entwickeln sie neue Fahrradmodelle und kümmern sich auch um Verbesserungen in ihrem Geschäft. Orville zum Beispiel geht das laute Geklapper der unzuverlässigen, klobigen Schreibmaschine im Büro auf die Nerven. Er nimmt sie auseinander und verbessert sie erheblich. Außerdem konstruiert er eine Rechenmaschine, die ihm bei der lästigen Buchhaltung das Kopfrechnen erspart.

Wilbur hat den Plan, Geistlicher zu werden, inzwischen aufgegeben. Schritt für Schritt überwindet er die Schwermut, die ihn seit seinem Unfall so fest im Griff hatte, und interessiert sich wieder für das Leben und für die Welt. Eines Tages fällt ihm ein Zeitungsartikel in die Hände. Er handelt von einem deutschen Ingenieur namens Otto Lilienthal, der mit einem selbst gebauten Fluggerät über beachtliche Entfernungen durch die Luft gleitet.

Mehr als 250 Meter kann Lilienthal dabei zurücklegen! Die Geschichte des Ingenieurs weckt bei Wilbur höchstes Interesse. Seit 23 Jahren beschäftigt sich Otto Lilienthal bereits mit der „Fliegekunst", wie er es nennt. 18 verschiedene Fluggeräte hat er in dieser Zeit konstruiert. Genau wie Wilbur arbeitet auch Otto Lilienthal

Unten: Otto Lilienthal ist ein mitreißender Redner, der sein Publikum für die Fliegerei begeistern kann.

Otto Lilienthal

Otto Lilienthal wird 1848 in Anklam (Mecklenburg-Vorpommern) geboren. Schon als Kind interessiert er sich für die Fliegerei und führt gemeinsam mit seinem Bruder Gustav Experimente durch. Nach der Schule wird er Ingenieur. 1883 gründet er eine Fabrik für Dampfmaschinen und Dampfkessel, in der er 60 Mitarbeiter beschäftigt. Außerdem betätigt er sich als Autor, Schauspieler und Theaterdirektor für ein Berliner Arbeitertheater. Parallel dazu interessiert er sich aber weiterhin für die Fliegerei. Nach 20 Jahren Grundlagenforschung über die Fliegerei, die er in seinem Buch *Der Vogelflug als Grundlage der Fliegekunst* darlegt, wagt er ab 1891 Flugversuche mit selbst gebauten Gleitern. 1894 lässt er vor seiner Fabrik einen 15 Meter hohen Absprunghügel aufschütten. Auch in den Rhinower Bergen bei Berlin unternimmt er Gleitflüge bis zu einer Länge von 250 Metern. Schließlich fängt er an, Flugapparate in Serie herzustellen und zu verkaufen. Allerdings warnt er auf einem „Beipackzettel": „Bedenken Sie, dass Sie nur ein Genick zum Zerbrechen haben." Am 9. August 1896 stürzt er selbst ab. Er hinterlässt seine Frau Agnes und vier Kinder.

eng mit seinem jüngeren Bruder, Gustav, zusammen. Schon mit 13, 14 Jahren bauten sich die Brüder Flügel und liefen damit gegen den Wind an. Die vielen Misserfolge, die sie bei ihren Flugversuchen erlebten, führten dazu, dass sich die Lilienthals systematisch mit der Fliegerei auseinandersetzten. 20 Jahre lang haben sie ihre Flugversuche ausgesetzt und sich ausschließlich mit der Theorie des Fliegens beschäftigt. Der Vogelflug eignet sich womöglich als Grundlage der Fliegekunst des Menschen, überlegten sie sich. Mit wissenschaftlicher Genauigkeit beobachteten sie besonders den Flug der Störche. Otto Lilienthal ging schließlich so weit, selbst Storchenkinder aufzuziehen, um den Flügelschlag der großen, eleganten Vögel noch besser zu verstehen. So gelangten die Brüder Lilienthal zu der Erkenntnis, dass gewölbte Tragflächen sich viel besser als gerade, plane zum Fliegen eignen. Sie liefern den größten Auftrieb. Die Brüder Lilienthal können Tabellen mit Messungen vorlegen, die sie mithilfe von kleineren Flugmodellen gewonnen haben und die ihre Erkenntnisse untermauern.

Es ist mittlerweile Otto Lilienthal, der sich hauptsächlich der Sache annimmt, sein Bruder Gustav findet aus beruflichen Gründen immer weniger Zeit für die Fliegerei. Erst nachdem sie grundlegende Erkenntnisse gewonnen hatten, hat Otto Lilienthal die praktischen Flugversuche aufgenommen – er ist sich nun sicher, dass er es wagen kann, seine Versuche fortzusetzen. Manchmal unternimmt der Mann mit dem roten Bart 80 Gleitflüge am Tag, und das in einer Höhe von 20 Metern.

Wilbur Wright betrachtet fasziniert die Fotos von Lilienthals Luftsprüngen. Wie eine riesige Fledermaus sieht sein Fluggerät aus. Es besteht aus einem Gerüst von Weidenzweigen, das mit Baumwollstoff bespannt ist. In der Mitte der Flügel hängt der Ingenieur und versucht, den Apparat durch Einsatz seines Körpers auszubalancieren.

Der Zeitungsartikel über Otto Lilienthal, der ihm 1894 in die Finger kommt, löst etwas in Wilbur Wright aus. Fortan saugt er alle Berichte über die jüngsten Entwicklungen der Luftfahrt in sich auf. Er diskutiert sie intensiv mit Orville. Die beiden erinnern sich, wie sie als Kinder immer größere Flieger gegen den Wind geschleudert haben. Genau wie Lilienthal fängt auch Wilbur an, den

Auftrieb

Damit sich ein Flugzeug in der Luft halten kann, braucht es Auftrieb. Für den Auftrieb eines Flugzeuges sind die Flügel entscheidend. Auftrieb entsteht durch Luft, die von vorne um die Tragflügel strömt.
Die Luft fließt oberhalb des Tragflügels schneller als unterhalb des Tragflügels, was zu einem geringeren Druck oberhalb des Flügels führt. Dadurch kommt es zu seinem Sog nach oben. Wegen dieses Druckunterschieds wird ein Flugzeug regelrecht nach oben gesaugt, wie von einem Staubsauger.

Eine Flugmaschine zu erfinden bedeutet nichts; sie zu bauen bedeutet nicht viel; sie zu fliegen alles!

Otto Lilienthal

Flug der Vögel zu beobachten. Seine Neugier ist geweckt. Mehr nicht. Keineswegs träumt er davon, selbst fliegen zu wollen. Merkwürdigerweise macht er die Fliegerei erst unmittelbar nach einem tragischen Unfall zu seiner Sache, einem Ereignis, das jeden anderen dazu gebracht hätte, der Fliegerei für alle Zeiten den Rücken zu kehren.

Oben: Otto Lilienthal in seinem „kleinen Flügelschlagapparat", mit dem er – wenig erfolgreich –1894 den Flügelschlag der Vögel nachzuahmen versuchte.

Tragflügel

Aufgabe des Tragflügels ist es, Auftrieb bei möglichst geringem Luftwiderstand zu erzeugen. Die Auftriebskraft bestimmen die Fluggeschwindigkeit, die Flügelfläche, die Luftdichte, der Anstellwinkel und die Form des Profils. Segelflugzeuge und Propellerflugzeuge, die keine hohen Geschwindigkeiten erreichen können, haben zumeist gerade Tragflügel mit einem relativ dicken Profil. Flugzeuge für hohe Geschwindigkeiten wie moderne Jets haben meist gepfeilte Tragflügel mit einer relativ geringen Profildicke. Der Strömungswiderstand bleibt klein, dadurch erreicht man hohe Fluggeschwindigkeiten. Beim Starten und Landen, wo die Fluggeschwindigkeit niedriger ist, können Jets das Flügelprofil verändern, indem sie die Landeklappen ausfahren.

Links: Wilbur und Orville ergänzen sich perfekt. Orville (links) ist der Tüftler, Wilbur der Kopf der Brüder.

3 d

Lilienthals Vermächtnis

Das Ereignis, das die beiden Brüder Wright zugleich erschüttert und zum Handeln antreibt, ist der Absturz Otto Lilienthals am 9. August 1896 aus knapp 20 Metern Höhe. Zu diesem Zeitpunkt ist Lilienthal bereits ein erfahrener Flieger. An diesem Tag hat er in den Rhinower Bergen bei Stölln, etwa 100 Kilometer westlich von Berlin, schon einige erfolgreiche Gleitflüge durchgeführt. Wieder und wieder hat er sich mit der für ihn typischen halsbrecherischen Risikobereitschaft von einer Anhöhe ins Leere fallen und von der Luft auffangen lassen. Es ist ein kühler, windiger Sommertag. Plötzlich wird Lilienthals Flugapparat von einer Windböe ergriffen. So sehr er sich auch anstrengt, der Ingenieur kann seinen Flugapparat nicht ausbalancieren. Lilienthal bleibt mitten in der Luft stehen. Er rudert vorsichtig mit den Beinen, um wieder ins Gleiten zu kommen, aber es will ihm einfach nicht gelingen, wieder Schwung aufzunehmen. Plötzlich neigt sich sein „Normalsegelapparat“ nach vorn und Lilienthal stürzt senkrecht ab. Wie eine Möwe, die im Meer einen Fisch gesehen hat, schießt er nach unten. Lilienthal ist bewusstlos, als sein Techniker die Absturzstelle erreicht. Als er wieder zu sich kommt, will er sogleich einen neuen Flugversuch wagen. „Ich habe gar keine Schmerzen“, sagt er zu seinem Mitarbeiter, um ihn zu beruhigen. Er weiß zu diesem Zeitpunkt noch nicht, dass

Lilienthals Normalsegelapparat nach dem Absturz 1896. Eine Sonnenböe – ein plötzlicher Aufwind – war dem mutigen Mann zum Verhängnis geworden.

Opfer müssen gebracht werden!
Angeblich Otto Lilienthals letzte Worte

Lilienthals Methode, den Menschenflug zu erlernen, ist die vorsichtige schrittweise Nachahmung des Gleitflugs der Vögel.

er sich den dritten Halswirbel gebrochen hat und gelähmt ist. Am nächsten Tag stirbt Otto Lilienthal. Er wird berühmt als der erste Mensch, der wiederholbare Gleitflüge geflogen ist. Der Erste, der mit dem Flugprinzip „schwerer als Luft“ Erfolg hatte.

Otto Lilienthal wusste selbst nur zu gut, dass es ihm noch bei Weitem nicht gelungen war, das Problem der Steuerbarkeit eines Flugzeuges zu lösen. Noch sehr viel Arbeit lag vor denjenigen, die das einfache Segeln, zu dem er es gebracht hatte, in einen zuverlässigen, dauerhaften Flug verwandeln wollten. Er selbst sagte:

„Das bisher Erreichte ist für den Flug des Menschen nichts anderes, als die ersten unsicheren Kinderschritte für den Gang des Mannes bedeuten.“

Leichter als Luft – schwerer als Luft

Heißluftballons, Gasballons und Luftschiffe fliegen nach dem Prinzip „leichter als Luft“. Um Heißluftballons leichter als die Luft zu machen, wird die im Ballon befindliche Luft mit einem Gasbrenner erhitzt. Die warme Luft steigt auf und sorgt so für den Aufstieg des Ballons. Bei Gasballons wird als Füllung Wasserstoff oder Helium benutzt, Gase, die leichter als die sie umgebende Luft sind.

Flugzeuge fliegen nach dem Flugprinzip „schwerer als Luft“. Damit sie aufsteigen und an Höhe gewinnen können, brauchen sie Auftrieb, der an den Tragflügel erzeugt wird.

Ich ermahne dich, Ikarus, dich auf mittlerer Bahn zu halten, damit, wenn du zu hoch fliegst, das Feuer der Sonne die Flügel nicht versengt.

Dädalus warnt seinen Sohn Ikarus vor einem Höhenflug, Griechische Göttersagen

Oben: Trauer um Ikarus, der beim Fliegen zu hoch hinaus wollte und dabei alle Vorsicht vergaß

Das Interesse der Wrights an der Fliegerei entflammt durch Lilienthals Tod mit neuer Kraft, fast so, als wollten sie sein Lebenswerk fortführen. Genau wie die Brüder Lilienthal widmen sie sich zunächst einmal den Grundlagen der Fliegerei. Als Erstes verschaffen sie sich einen Überblick. Zu diesem Zweck schreibt Wilbur einen Brief an das Smithsonian-Institut, eine Einrichtung mit dem Auftrag, „die Vermehrung und Verbreitung von Wissen“ voranzutreiben. Wilbur Wright bittet um Informationen zum Thema Fliegen und Flugzeugbau und erhält eine lange Liste von Buchtiteln und zahlreiche Schriften und Zeitungsartikel.

Konzentriert lesen sich die beiden Brüder durch den Stapel wichtiger Bücher, die ihnen das Institut empfiehlt. Je mehr sie über die zahlreichen Misserfolge und Abstürze ihrer Vorgänger erfahren, desto klarer wird, dass eine riesige Aufgabe vor denen liegt, die das Problem des Fliegens lösen möchten.

Den Traum vom Fliegen träumen die Menschen schon seit Urzeiten. Bis heute wird die 3000 Jahre alte Geschichte von Ikarus erzählt, dessen Vater Dädalus Flügel aus Federn und Wachs baute, um mit seinem Sohn aus der Gefangenschaft davonzufliegen. Die Geschichte endet – wie die meisten Geschichten von Flugpionieren – mit einem Absturz. Ikarus fliegt zu hoch und die Hitze der Sonne bringt das Wachs zum Schmelzen, die Federn lösen sich, der Junge stürzt ins Meer.

Das ist nur eine Geschichte, aber auch in der Wirklichkeit reiht sich ein spektakulärer Absturz an den nächsten. Im 11. Jahrhundert glaubt in England ein Benediktinermönch namens Eilmer fest daran, fliegen zu können. Er stürzt sich mit selbst gebauten Flügeln vom Turm der Wiltshire-Abtei und bricht sich bei seiner Bruchlandung beide Beine.

400 Jahre später beschäftigte sich einer der größten Erfinder aller Zeiten systematisch und beharrlich mit den technischen Voraussetzungen des Fliegens: der berühmte Maler und geniale Erfinder Leonardo da Vinci. Der Italiener studierte den Flug der Vö-

Leonardo da Vinci

Der 1452 in Italien geborene Maler, Ingenieur und Architekt Leonardo da Vinci hat Werke hinterlassen, die zu den bekanntesten der Welt gehören, zum Beispiel die Mona Lisa. Der vielseitige Mann betätigt sich auch als Bildhauer, Baumeister, Naturforscher und Techniker und leistet auf jedem Gebiet Herausragendes. Leonardo dient während seiner Schaffenszeit ganz unterschiedlichen Herren. Mal wird er als Ingenieur eingestellt, mal als Festungsbauer, mal als Künstler. Er fertigt Skizzen von zahlreichen Erfindungen an, darunter Panzerwagen, Waffentechnik, Fluggeräte und Unterseeboote. Berühmt sind auch seine anatomischen Zeichnungen, für die der wissbegierige Mann Leichen seziert, bis der Papst ihm das verbietet. Leonardo da Vinci stirbt 1519 mit 67 Jahren in Frankreich.

Oben: Leonardo da Vinci hinterließ etwa 160 Skizzen von Flugmaschinen. Ihn beschäftigte hauptsächlich der Schwingenflug, nicht der Gleitflug.

gel, untersuchte die Strömung der Luft und fertigte schließlich Skizzen von einem Hubschrauber ähnlichen Fluggeräten, von Fallschirmen und Flugapparaten an. 30 Jahre lang denkt der Ingenieur darüber nach, wie es Menschen gelingen könnte, zu fliegen. Es bleibt bei den Überlegungen und bei den Skizzen auf Papier. Zu Leonardo da Vincis Zeit wird keines der von ihm erdachten Fluggeräte gebaut. Erst 100 Jahre später sollen manche seiner Erfindungen nachgebaut und ausprobiert werden. Nach Expertenmeinung war Leonardo mit vielen seiner technischen Überlegungen bereits auf dem richtigen Weg.

Wilbur und Orville beschäftigten sich mit den Arbeiten und Überlegungen Leonardos besonders gründlich. Wenn der Mensch je fliegen will, dann sollte er es nicht mit Flügelschlagen versuchen. Ein kleiner Spatz ist in der Lage, etwa zehnmal so viel Energie zu erzeugen wie ein Mensch. Dem Menschen fehlt zum Flügelschlagen die Kraft in den Armen. Im Übrigen liefert der Flügelschlag des Vogels nicht in erster Linie den Auftrieb, sondern vielmehr den Antrieb. Er ist das, was der Motor für das Flugzeug ist. Der Flügelschlag sorgt vor allem für die Fluggeschwindigkeit.

Zahlreiche unbemannte Modellflieger gehen im Laufe der Jahrhunderte zuerst in die Luft und dann zu Bruch. Das Geheimnis der Kräfte, die in der Luft auf fliegende Objekte wirken, bleibt versiegelt. Zur Zeit der Wrights beißen sich gestandene Ingenieure wie Lili-

Während Albrecht Berblinger an der Brüstung auf einen günstigen Aufwind wartet, gibt ihm ein Polizist einen Schubs, und er stürzt in die Donau.

Das Problem des Fliegens von Menschen: In wessen Kopf sich diese Idee erst einmal eingenistet hat, der ist von ihr total besessen. Es ist ein Traum, der einen nicht mehr loslässt, ja ein Alptraum, der sich nicht mehr abschütteln lässt.

Der Ingenieur und Flugpionier Louis Pierre-Marie Mouillard

enthal überall auf der Welt an dem Problem die Zähne aus. Einer von ihnen ist der amerikanische Ingenieur Octave Chanute, ein gebürtiger Franzose. Sein Interesse an Flugapparaten geht so weit, dass er Lilienthal in Deutschland besucht und später dessen Geräte nachbaut. Der Eisenbahningenieur sammelt systematisch alle Informationen über die Entwicklung der Flugtechnik auf der ganzen Welt. Die Wrights nehmen Kontakt zu ihm auf und Chanute wird den Brüdern in den kommenden Jahren mit Rat und Tat zur Seite stehen. Der 68 Jahre alte Mann mit dem weißen Ziegenbart wird für Orville und Wilbur zu einem zuverlässigen Freund.

Wilbur und Orville tauschen sich über alles, was sie über die Fliegerei lesen, miteinander aus. Immer wieder kommen sie auf Lilienthal zurück. Sie versuchen zu begreifen, warum der erfahrene

Der Schneider von Ulm

Albrecht Ludwig Berblinger wird 1770 in Ulm geboren. Mit 13 verliert er seinen Vater und kommt ins Waisenhaus, wo er eine Schneiderlehre beginnt. Neben der Schneiderei macht der technisch hoch talentierte Mann viele nützliche Erfindungen, so stellt er zum Beispiel Beinprothesen her. Sein besonderes Interesse gilt der Entwicklung eines Hängegleiters, der unter günstigen Umständen wahrscheinlich tatsächlich ins Gleiten gekommen sein könnte. Während einer öffentlichen Flugdarbietung im Mai 1811 stürzt der „Schneider von Ulm", wie man ihn bis heute nennt, unter dem Gejohle einer grölenden Menschenmenge vom Turm der Adlerbastei in die Donau. Über diese Blamage kommt er nie hinweg. Er stirbt mit 58 Jahren als körperliches Wrack in einem Krankenhaus.

Octave Chanute macht die Brüder Wright mit den Arbeiten Otto Lilienthals bekannt.

Octave Chanute

Der 1832 in Paris geborene Eisenbahningenieur Octave Chanute hat durch seine freundschaftliche Unterstützung und seinen fachlichen Rat wesentlichen Anteil am Erfolg der Brüder Wright. Als Ingenieur verschafft er sich in Amerika große Anerkennung, als er 1869 in Kansas City die erste Brücke über den Missouri entwirft und baut. 1894 veröffentlicht er das Buch *Progress in Flying Machines* (dt.: Fortschritte in der Flugtechnik), durch das die Brüder Wright Zugang zu neuesten Forschungsergebnissen in der Luftfahrt bekommen. Er steht ab 1900 mit den Wrights in ständigem Briefkontakt und besucht sie drei Mal in Kitty Hawk, wo er auch eigene Flugmodelle testet. Die Brüder profitieren auch von Chanutes Briefwechsel mit anderen Flugzeugpionieren wie z. B. Lilienthal, Pilcher, Blériot, Alberto Santos-Dumont, Mouillard und vielen anderen. Die Freundschaft kühlt ab, als die Wrights feststellen, dass er auch ihre Fortschritte im Flugzeugbau mit anderen Flugzeugbauern diskutiert. Chanute stirbt 1910 im Alter von 78 Jahren in Chicago.

Pilot seinen Gleiter am Tag des Absturzes nicht mehr ausbalancieren konnte. Nach langen Diskussionen erkennen sie die Schwachstelle von Lilienthals Normal-Segel-Apparat: Sie liegt in der zu hohen Anforderung an den Piloten. Der Pilot von Lilienthals Flugapparaten musste die Flügel durch Einsatz seines Körpergewichtes in der Waagerechten halten. Das setzte eine geradezu akrobatische Körperbeherrschung voraus, die Lilienthal selbst nach 2000 Flügen offensichtlich noch nicht erlangt hatte.

Die Brüder begreifen, dass die Querstabilität anders erreicht werden muss als durch Körpereinsatz. Die alles entscheidende Frage ist also, wie man einen Flugapparat in der Luft steuern und gleichzeitig im Gleichgewicht halten kann. Tag und Nacht beschäftigen sich die Brüder mit dieser Frage. Wieder und wieder beobachten sie gezielt das Flugverhalten von Vögeln. Vögel steuern ihren Flug, indem sie beide Flügelspitzen in unterschiedlichen Winkeln zum Wind stellen. Wollte ein Mensch eine Kurve fliegen, musste es bei einem Flugzeug also ebenfalls gelingen, die hintere Kante der einen Tragfläche zu neigen und zur gleichen Zeit die hintere Kante der anderen Tragfläche hochzustellen. Und währenddessen durfte die Stabilität des Fluggerätes nicht verloren gehen. Durch welche Konstruktion konnte das nur erreicht werden?

Eines Tages ist Wilbur mitten im Gespräch mit einem Kunden in seinem Fahrradgeschäft. Ohne es bewusst wahrzunehmen, dreht er dabei einen kleinen Karton in seinen Händen. Als sein Blick zufällig auf seine Hände fällt, kommt ihm unerwartet die richtige Erkenntnis.

Wilbur kann es kaum erwarten, bis sich hinter dem Kunden die Tür schließt. Dann schnappt er sich den Karton und setzt sich damit an eine Werkbank. Um das Flugzeug nach rechts steuern zu können, bräuchten sie ein bewegliches Querruder, so beweglich wie die Klappen eines Kartons. Die Klappe, die an der Rückseite der rechten Tragfläche angebracht ist, müsste man nach oben klappen können, und gleichzeitig die andere, die sich an der Rückseite der linken Tragfläche befindet, nach unten – dann könnte man eine rechte Kurve fliegen. Die Klappen müssten an zwei Achsen befestigt werden, die über Drähte mit einem Getriebe in der Mitte des Gleiters miteinander verbunden sind, sodass immer, wenn die Klappe auf der einen Seite hochklappt, die auf der anderen Seite herunterklappt. In der Mitte sitzt der Pilot und steuert. Wilbur ist durch einen glücklichen Zufall auf das Prinzip des Querruders gestoßen.

Oben: Graureiher fliegen mit langsamen Flügelschlägen. Nur während des Abflugs und bei der Landung strecken sie den Hals vor. Während des Flugs ziehen sie den Kopf bis zu den Schultern zurück.

Er macht sich mit dieser Idee sofort an den Bau seines ersten Modells, eines Drachen. Er geht in den nächsten Wochen kaum noch in den Fahrradladen. Schließlich ist der Doppeldeckerdrachen mit der Spannweite von 1,50 Metern fertig. Die mit Tuch bespannten Tragflächen lassen sich gegeneinander nach vorn und hinten verschieben. Wilbur bringt zwei Paar Seile an, an deren Enden jeweils ein Stock befestigt ist. Die Stöcke sind seine Steuerknüppel.

Auf einem Feld außerhalb der Stadt testen die Brüder das Fluggerät. Die Leinen dienen

Querruder

Mit seiner Hilfe fliegt man Kurven. Querruder sind im Allgemeinen Klappen an der Hinterkante eines Tragflügels, die gleichzeitig und entgegengesetzt bewegt werden, um die Steuerung um die Längsachse zu aktivieren. Das Querruder, das nach unten bewegt wird, erhöht auf seiner Seite den Auftrieb. Dadurch hebt sich der Tragflügel. Das andere, nach oben gerichtete Querruder verringert den Auftrieb und der Tragflügel senkt sich. Das Querruder ist für die Bewegung um die Längsachse des Flugzeugs verantwortlich, also für das Rollen.
Zu Beginn erreichten die Brüder Wright das Rollen nach rechts und links nicht durch bewegliche Klappen, sondern durch die Flügelverwindung. Dabei wurden die Enden der Tragflügel über Seilzüge gegeneinander verdreht.

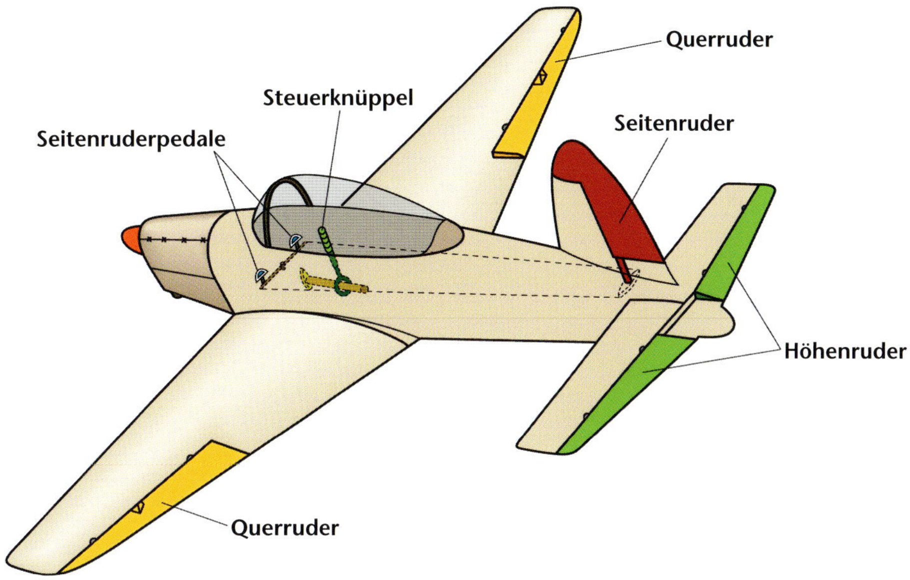

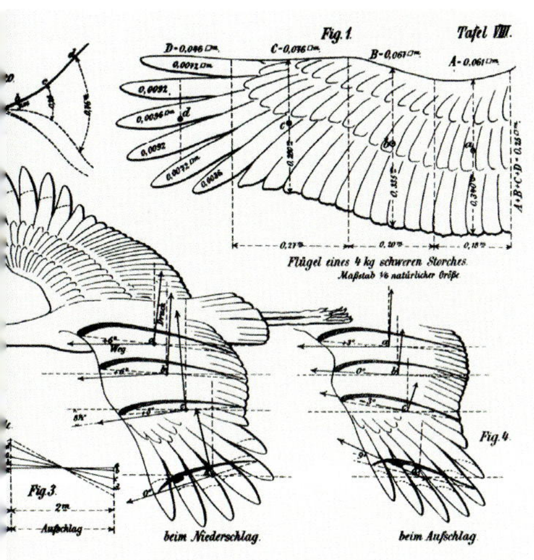

Oben: Diese Abbildung stammt aus Lilienthals Buch *Der Vogelflug als Grundlage der Fliegekunst.* Sie zeigt die Geometrie eines Vogelflügels.

dazu, die Flügelspitzen des Drachen hin und her zu biegen. Ein paar Schuljungen kommen zufällig vorbei. Sie staunen darüber, mit welcher Genauigkeit sich der Drachen des großen Mannes steuern lässt, der mit seinen langen, dünnen Beinen wie ein Storch über das Feld schreitet. Auch Orville und Wilbur sind begeistert. Wilbur hatte den richtigen Riecher. Das Flugverhalten ihres Drachen übertrifft all ihre Erwartungen. Das ist es! Sie haben das Problem der Quersteuerung gemeistert! Aber da kippt der Drachen urplötzlich nach vorne weg und saust im Sturzflug auf die Kinder zu. Die Jungen werfen sich auf den Boden und schützen ihren Kopf mit den Armen. Zum Glück kommt niemand zu Schaden.

Wilbur und Orville können sich nicht erklären, was der Grund für den plötzlichen Sturzflug ist. Doch trotz der Bruchlandung sind die Brüder zufrieden. Mithilfe der Verwindung der Flügel würde es auch möglich sein, Flugzeuge sicher zu steuern, daran gibt es keinen Zweifel. Von diesem Tag an setzen sie sich mit all ihrer Energie dafür ein, dass der große Menschheitstraum vom Fliegen Wirklichkeit wird.

4

Kitty Hawk

Die Brüder beschließen, als Nächstes eine voll steuerbare Maschine zu bauen, die einen Menschen durch die Luft befördern kann. Noch während sie die ersten Skizzen zeichnen, machen sie sich auf die Suche nach einem geeigneten Testgebiet. Sie schreiben das Nationale Wetteramt an, um ein möglichst freies, ebenes Gelände in einer Gegend zu finden, in der ein möglichst beständiger Wind weht. Aus der Liste der Orte, die man ihnen zusendet, sticht ein Ort als besonders geeignet hervor: das Fischerörtchen Kitty Hawk an der Küste von North Carolina. Es ist genau das, wonach die Brüder gesucht haben: eine baumlose Strandlandschaft, in der ständig Wind weht, mittendrin ein 24 Meter hoher Hügel, ideal zum Starten eines Fluggerätes. Der weiche Sand würde im Falle eines Absturzes den Aufprall abfangen.

Als Kitty Hawk als Basis für ihre Testflüge feststeht, arbeiten die Brüder fieberhaft an ihrem ersten bemannten Fluggerät. Sie sind vom Erfindervirus gepackt und wollen noch in diesem Jahr mit den Testflügen beginnen, rechtzeitig bevor die verheerenden Herbststürme über die Dünen von Kitty Hawk fegen und jeden Flugversuch unmöglich machen. Die Sache lässt ihnen jetzt, wo sie den Anfang gemacht haben, keine Ruhe mehr. Im hinteren Teil ihres Fahrradgeschäftes beginnt ein emsiges

Es ist meine Überzeugung, dass das Fliegen möglich ist. Ich bin sicher, dass ich wesentlich weiter fortschreiten kann als alle, die früher auf diesem Gebiet gearbeitet haben.

Wilbur Wright in einem Brief an seinen Vater, August 1900

Unten: Windschiefe Häuser in Kitty Hawk. Zu Zeiten der Wrights war hier eine staatliche Wetterstation.

Ganz unten: Oft fürchten die Wrights, dass der stürmische Küstenwind in Kitty Hawk ihr Zelt fortwehen könnte.

Schrauben und Hämmern. Sie arbeiten mit Lilienthals Unterlagen, halten sich an seine Berechnungen. Nach und nach fertigen die Brüder in Dayton die einzelnen Teile des Flugapparates an und verladen sie mitsamt Werkzeug und Ersatzteilen in Kisten. Ihr Plan sieht vor, dass Wilbur mit dem Gepäck per Eisenbahn nach Kitty Hawk vorausfährt und dort alles für die Testflüge vorbereitet. Orville will währenddessen im Fahrradladen die Stellung halten und etwas später hinzustoßen. Da Wilbur die 5,50 Meter langen Holzstreben für die Tragflächen nicht im Zug transportieren kann, wird er sie unterwegs kaufen.

Am 6. September 1900 beginnt Wilbur seine Reise. Eineinhalb Tage später erreicht er Norfolk an der Küste Virginias, wo er sich verzweifelt abmüht, Fichtenholz für den Gleiter zu bekommen. Am Ende muss er sich mit Kiefernholz begnügen, das viel zu kurz ist. Die Tragflächen des Gleiters müssen nun ein ganz anderes Maß erhalten, aber immerhin kann die Reise nach Kitty Hawk weitergehen. Jetzt muss er nur noch ein Schiff finden, das ihn und die Ausrüstung zu seinem Ziel bringt. Das Problem ist jedoch, dass kein Mensch in Norfolk jemals von Kitty Hawk gehört hat – dabei liegt der Ort nur gut 100 Kilometer entfernt! Vier Tage sucht Wilbur vergeblich nach einer Reisemöglichkeit, dann treibt er einen Fischer auf, der bereit ist, ihn mit seinem Schoner ans Ziel zu bringen. Das Ruderboot, welches sie zu dem flussaufwärts vor Anker liegenden Schoner bringen soll, ist halb verrottetet. Auf dem 4,5 Kilometer langen Weg muss Wilbur unentwegt Wasser aus dem hoch beladenen Kahn schöpfen. Als sie schließlich den Schoner erreichen, überlegt Wilbur, ob er das Unternehmen nicht abblasen soll. Das Schiff ist in einem katastrophalen Zustand. Das Holz ist verfault, die Segel sind zerschlissen, der Ruderschaft ist halb verrottet und Ungeziefer, ja sogar Ratten haben sich an Bord eingenistet. Aber jetzt aufgeben und wieder zurückrudern? Wird schon schiefgehen, denkt Wilbur

? Kitty Hawk

Kitty Hawk ist ein Dorf an der Küste von North Carolina. Es liegt auf einem 160 Kilometer langen Inselstreifen. Der Name kommt von den Indianern, die hier jedes Jahr im Herbst Wildgänse jagten und diese Jagd als „Killy Honk" bezeichneten. Ein früher Stützpunkt der ersten englischen Siedler löste sich bald auf, stattdessen machten sich in diesem Küstengebiet Piraten breit, unter ihnen der berüchtigte Edward Teach, besser bekannt unter dem Schreckensnamen „Blackbeard". Als es im 19. Jahrhundert an der Küste zu einem Schiffsunglück kam, plünderten gewissenlose Räuber das gestrandete Schiff. Einer von ihnen wurde auf den Dünen erschossen, und seither wird das Dünengebiet als „Kill Devil Hills" bezeichnet, als „Tötet-den-Teufel-Hügel".

und geht entschlossen an Bord des Schoners. Der Kapitän muss allerdings erst noch ein paar Reparaturen vornehmen, damit das Schiff überhaupt ablegen kann. Erst am Abend geht es los. Als sie auf dem offenen Meer sind, schlägt plötzlich das Wetter um. In der Nacht zerfetzt ein wütender Sturm die morschen Segel, das marode Schiff ist manövrierunfähig und droht zu sinken. Erst am darauffolgenden Abend erreichen sie mit knapper Not den Hafen von Kitty Hawk. Der Ort besteht aus ein paar windschiefen Hütten und einer Poststation. Nirgendwo ist Licht zu sehen, kein Mensch weit und breit. Wilbur verbringt eine weitere unbequeme Nacht auf dem Schoner. Aber immerhin – er hat nach sieben Tagen sein Ziel erreicht. Und er hat Glück, der Postmeister des Ortes, William Tate, vermietet ihm ein Zimmer.

Als Orville eineinhalb Wochen später in Kitty Hawk eintrifft, hat er ein Zelt und Vorräte dabei. Die Brüder errichten ein Lager am Strand. Meist weht dort ein starker Wind, in manchen Nächten haben sie Angst, dass ihnen im heulenden Sturm das Zelt mitsamt der Ausrüstung davonfliegt.

Tagsüber peitscht ihnen der umherfliegende Sand in die Augen, setzt sich in den Haaren und Kleidern fest. Wenn sie Brot backen, lässt es sich nicht vermeiden, dass einige Sandkörner mit in den Teig geraten, bei jeder Mahlzeit knirscht es zwischen den Zähnen. Aber sie beklagen sich nicht. Sie wollten ein windiges Testgelände, sie haben es bekommen. Eine Sache gefällt ihnen an ihrem Lager ausgesprochen gut: Wenn sie aus dem Zelt schauen, können sie den Flug der Falken und Kraniche beobachten, und täglich sehen sie etwa ein Dutzend Seeadler hoch oben am Himmel.

Die Brüder sind ein eingespieltes Team: Orville übernimmt das Kochen, Wilbur das Abwaschen, ihre Pflichten sind klar aufgeteilt.

Rechts: Aus Sicherheitsgründen lassen Dan Tate (vorne) und Wilbur Wright (hinten) den Gleiter von 1902 zunächst wie einen Drachen aufsteigen, bevor Wilbur einen Flugversuch damit unternimmt.

Oben: In der Küche der Wrights in ihrem Camp bei Kitty Hawk hat alles seine genaue Ordnung – genau wie in ihrer Werkstatt.

Waren die Wrights wirklich die Ersten?

Der Deutsche Gustav Weißkopf will am 14. August 1901 bei Lordship Manor im Bundesstaat Connecticut in den USA einen vierminütigen motorisierten Flug unternommen haben. Seine weiteren erfolglosen Flugversuche lassen darauf schließen, dass auch dieser Flug nur in der Fantasie stattgefunden hat. Auch der aus Hannover stammende Flugpionier Karl Jatho will vor den Brüdern Wright etwa 30 Zentimeter über dem Boden mit einem motorisierten Fluggerät 30 Meter zurückgelegt haben. Es war jedoch ein Hopser, kein gesteuerter Flug, und führte zu keinen weiteren Ergebnissen.

Ich habe nicht vor, mich unberechenbaren Situationen auszusetzen, und das aus zwei Gründen: Weil ich mich nicht verletzen will und weil ein Absturz meine Versuche ein für alle Mal beenden könnte, was ich nun wirklich nicht will.

Wilbur Wright in einem Brief an seinen Vater

Nach wenigen Tagen hat Wilbur den Gleiter fast vollständig zusammengebaut. Es kann losgehen.

Zwei Ziele verfolgen die Wrights: Sie wollen den Gleiter zum Fliegen bringen und sie wollen am Leben bleiben. Die Sicherheit steht für sie an erster Stelle.

Zunächst lassen sie den Flugapparat daher wie einen Drachen unbemannt aufsteigen und machen zahlreiche Tests. Im zweiten Schritt errichten sie einen 3,60 Meter hohen Turm aus Holz, an dem der Gleiter an einem starken Seil wie von einem Kran herabhängt. Die Tests, die sie an diesem Kran durchführen, sind vielversprechend. Der Apparat lässt sich ordentlich steuern. Doch richtig befriedigend sind diese Versuche nicht.

Drei Wochen nach Beginn der Tests bringen sie ihren Flugapparat mithilfe eines Pferdegespannes zur etwa 6 Kilometer von ihrem Lager entfernten höchsten Erhebung der Gegend, einer 24 Meter hohen Sanddüne namens Kill Devil Hills. Der Postmeister William Tate hilft ihnen, den Gleiter den Hang hinaufzutragen. Der Wind bläst gleichmäßig mit 20 Stundenkilometern. Anders als bei Lilienthals Hängegleiter, bei dem der Pilot in aufrechter Stellung zwischen den beiden Flügeln hing, fliegt der Pilot bei dem von den Wrights konstruierten Doppeldecker auf der unteren Tragefläche auf dem Bauch liegend. Mit den Händen bedient er das Höhen-

Oben: Die Familie des Postmeisters William J. Tate nimmt Wilbur freundlich auf, als er das erste Mal nach Kitty Hawk kommt.

Höhenruder

Das Höhenruder bewegt das Flugzeug um die Querachse. Es handelt sich dabei um eine bewegliche Fläche – meist am Heck des Flugzeugs –, die sich mittels des Steuerknüppels nach oben oder unten bewegen lässt. Dadurch entsteht ein Moment um die Querachse, das den Anstellwinkel des Tragflügels ändert. Beim Flugzeug ändert sich dadurch der Auftrieb, es lässt sich so nach oben oder nach unten steuern. Bei den ersten Flugzeugen der Wrights war das Höhenruder vor den Tragflächen angebracht.

Links: Dan Tate, der Bruder des Postmeisters, hilft den Brüdern beim Starten des Gleiters.

ruder, durch die Verlagerung des Körpergewichts erhält er die Balance aufrecht.

Wilbur wagt den ersten Flugversuch. Orville und der Postmeister ergreifen die Flügelspitzen und rennen, so schnell sie nur können, mit dem Gleiter gegen den Wind an. Als der Wind die Flügel umströmt, erwacht der Flugapparat zum Leben. Für die beiden Helfer wird die Last immer leichter, schließlich können sie nicht mehr Schritt halten, und als Wilbur „Lasst los!“ schreit, da segelt der Apparat mit seinem Passagier etwa 30 Zentimeter über dem Boden frei durch die Luft. Nach etwa 30 Metern senkt Wilbur das Leitwerk und setzt zur Landung an. Die Holzkufen setzen behutsam im weichen Sand auf. Der Doppeldecker hätte weiter fliegen können, noch viel weiter, und auch noch etwas höher. Aber die Brüder wissen durch ihre Tests, dass der Apparat noch viele Mängel aufweist. Zahllose Fragen müssen beantwortet, zahllose Korrekturen am Apparat vorgenommen werden, bevor sie daran denken können, längere Flüge in Angriff zu nehmen. Zufrieden mit dem Erreichten reisen sie ab. Im nächsten Jahr wollen sie die Flugversuche mit einem größeren Flieger weiterführen. Ihren alten Flugapparat lassen sie zurück. Der Wind treibt ihn über den Sand, bis er nur noch ein Wrack ist. Der Postmeister zieht den Satinstoff, mit dem die Flügel bekleidet sind, herunter, und seine Frau macht daraus Kleidchen für ihre beiden Töchter Irene und Pauline.

5 c)

Saurer Schweiß und harte Arbeit

>>> **Zurück in Dayton**, stürzen sich die Brüder in fieberhafte Aktivitäten. Sie müssen etwas an den Tragflächen ändern. Ihr Fluggerät zeigte in Kitty Hawk bei Weitem nicht den Auftrieb, den sie sich erhofft hatten. Bei schwachem Wind blieb es wie eine bleierne Ente am Boden. Per Brief beraten sie sich mit Octave Chanute, der sie auf Tabellen hinweist, die Otto Lilienthal angelegt hat. Sie enthalten Berechnungen zur Form und Größe der Tragflächen. Diesen Berechnungen lagen Versuche zugrunde, wie groß und stark gewölbt die Tragflächen sein müssen, um möglichst leicht vom Wind angehoben zu werden.

Aufmerksam studieren die Wrights die Zahlen, dann machen sie sich an die Arbeit. Wilbur und Orville gehen beim Bau ihrer Modelle auf eine Art und Weise vor, wie sie nur unter Brüdern möglich ist. Sie diskutieren über jeden kleinen Schritt und geraten darüber häu-

Unten: Wilbur und Orville Wright bei der Arbeit an den gewölbten Tragflächen

Unten: Innerhalb von drei Jahren haben die Brüder am Strand eine Flugzeughalle und ein Gebäude, in dem sie bequem wohnen können, errichtet.

fig so in Streit, dass es in der ganzen Nachbarschaft zu hören ist. Sie brüllen sich gegenseitig regelrecht nieder. Ganz bewusst nehmen sie gegensätzliche Positionen ein. Doch sobald sie ein Problem von allen Seiten durchleuchtet haben und zu einem Ergebnis gekommen sind, sind die Gewitterwolken verflogen, und sie machen sich in ihrer Fahrradwerkstatt an die Arbeit. Bereits 1901 kümmern sie sich nicht mehr selbst um das Geschäft, sondern haben Angestellte, damit sie sich ganz dem Flugzeugbau widmen können. Das Flugfieber hat die beiden sparsamen, nüchternen Geschäftsleute gepackt. Sie wissen genau, dass sie am Ende vielleicht nichts anderes vorzuweisen haben als ein paar Hüpfer im Sand und dass sie sich mit ihrer Leidenschaft ruinieren können. Doch sie gehen das Risiko ein.

Um bei ihrem neuen Modell einen besseren Auftrieb zu erreichen, vergrößern sie die Tragflächen von 18 Quadratmetern auf 35 Quadratmeter. Auch dieser Flieger soll liegend gesteuert werden.

Voller Erwartung kehren sie am 10. Juli 1901 nach Kitty Hawk zurück. Sie werden von einem Jahrhundertunwetter empfangen. Ein wütender Orkan fegt durch die Dünen am Strand. Dazu regnet es, als habe der Himmel all seine Schleusen gleichzeitig geöffnet. Durch Wind und Wetter schleppen die Brüder ihre Kisten 6 Kilometer weit über den Strand bis in unmittelbare Nähe der Kill-Devil-Düne, wo sie ihr Lager aufschlagen.

Als sich der Sturm zwei Tage später legt, können sie endlich mit der Arbeit beginnen. Als Erstes bauen sie einen Schuppen, der als Flugzeughalle und Werkstatt dienen soll. Was die Arbeit ungemein erschwert, ist, dass nach dem sintflutartigen Regen, dem ein extrem trockener Sommer vorausging, Millionen von Moskitos auftauchen. Wie eine riesige, dunkle Wolke senken sie sich auf ihre Opfer herab. In ihrer Not sammeln die Brüder am Strand Treibholz und zünden ein großes Feuer an, um die blutgierige Meute mit dem Rauch zu vertreiben. Doch das macht auf die Plagegeister sehr wenig Eindruck. Die Brüder werden so gepiesackt, dass sie jeden Tag schon um 17 Uhr ins Bett gehen und unter dicken Decken Schutz suchen.

Voller Spannung leben sie auf den Tag hin, an dem sie den neuen Gleiter zum ersten Mal ausprobieren können. Beide haben sie die

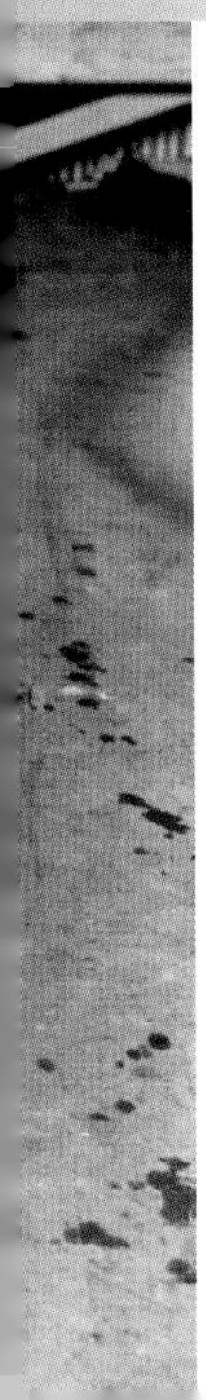

höchsten Erwartungen an ihr Fluggerät, dessen Konstruktion auf Lilienthals Forschungsergebnissen aufbaut. Die Versuche mit dem neuen Gleiter sind jedoch eine einzige Enttäuschung. Sie schleppen das 44 Kilo schwere Monstrum die Kill-Devil-Düne hoch, aber statt abzuheben und elegant den Hang hinabzugleiten, plumpst der schwerfällige Vogel sofort in den Sand. Die Wrights und ihre Helfer geben jedoch nicht auf. Achtmal schleppen sie den Gleiter die Düne hinauf. Wilbur, der Pilot, versucht durch sein Körpergewicht die Unzulänglichkeiten des kopflastigen Gerätes auszugleichen. Bei jedem Versuch lernt er dazu. Achtmal kracht der Gleiter zu Boden, aber beim neunten Anlauf bringen sie das Monstrum schließlich doch zum Fliegen. Es steigt auf 90 Zentimeter Höhe und legt 90 Meter zurück. Beim zehnten Versuch hebt der Gleiter nach 30 Metern plötzlich ab. Er erreicht eine schwindelerregende Höhe von 10 Metern. Verzweifelt drückt Wilbur das Höhenruder nach unten. Der Apparat lässt sich nicht steuern. Wilbur schiebt sich so weit er kann nach vorne und zwingt den Gleiter so nach unten. Obwohl alle mit dem Schlimmsten rechnen, landet er wie durch ein Wunder sanft. Bei dem Versuch, als Nächstes eine Kurve zu fliegen, kommt er jedoch nicht so glimpflich davon. Die Steuerung reagiert wieder nicht nach Wunsch. Er verliert die Kontrolle über den Flieger und schlägt ungebremst im Sand auf. Wilbur zieht sich Verletzungen im Gesicht zu. Besonders übel hat es ein Auge erwischt.

Ihnen wird klar, wie wenig sie über die Gesetze der Aerodynamik wissen. Sie stellen fest, dass die Tabellen, welche Lilienthal erarbeitet hat, fehlerhaft sein müssen. Sie tappen im Dunkeln und haben das Gefühl, innerhalb eines ganzen Jahres keinen Schritt weitergekommen zu sein. Auch ihre Steuerung ist bei Weitem noch nicht ausreichend. Die Reise nach Kitty Hawk war ein einziger Fehlschlag. Sie sind kurz davor aufzugeben.

Oben: Sturmwind am Strand von Kitty Hawk. Der Gleiter ist schwer zu kontrollieren.

Zurück in Dayton, schildern sie ihrem väterlichen Freund Chanute in einem Brief ihre zahlreichen Schwierigkeiten. Der alte Mann ermutigt die niedergeschlagenen Brüder zum Weitermachen. Sie hätten doch schon so viel erreicht! Mehr als die meisten anderen. Die Erfindung des Querruders durch Flügelverwindung ist allen vergleichbaren Erfindungen haushoch überlegen.

Da gewinnt der Erfindergeist wieder Oberhand über alle Zweifel. Sie ziehen sich in ihre Werkstatt hinter dem Fahrradladen zurück und machen das, was sie am besten können: tüfteln. Aus einem alten Ventilator, der mit einem selbst gebauten kleinen Verbrennungs-

Rechts: Wilbur bei einem Flugversuch mit dem Gleiter von 1902. Das vorn liegende Höhenruder rettet ihm bei einem Absturz aus zehn Metern Höhe das Leben.

Zu diesem Zeitpunkt machte ich die Voraussage, dass die Menschheit in der Tat eines Tages fliegen würde. Aber nie und nimmer innerhalb unserer Lebensspanne.

Wilbur Wright

motor angetrieben wird, bauen sie eine Windmaschine. Den Wind pusten sie durch einen Kanal, in dem sie ausprobieren wollen, wie unterschiedlich geformte Tragflächen auf die Luftströmung reagieren. Er ist 1,80 Meter lang und 40 Zentimeter breit. Oben liegt eine Glasplatte auf, durch die sie das Flugverhalten von verschiedenartigen Flugzeugmodellen mit unterschiedlichen Tragflügeln beobachten wollen.

In den nächsten zwei Monaten bauen die Brüder etwa 200 unterschiedliche Modellflieger aus Blech: große, kleine, lange, kurze, Eindecker, Doppeldecker und sogar Mehrdecker. Sie stellen Modelle her, bei denen die Flügel wie ein V geformt sind wie bei Bussarden, und andere mit geraden Flügeln wie bei einem Adler. Sie stellen flach gestreckte Tragflügeln her und gewölbte, solche mit geraden Flügelspitzen und solche mit abgerundeten. Mit jedem Flug eines ihrer Modelle durch den Windkanal gewinnen sie neue Erkenntnisse über die Aerodynamik, wie die Wissenschaft von dem Verhalten von Objekten bei Luftwiderstand genannt wird.

Mit der Einsicht in diese Grundlagen ist die Begeisterung für die Fliegerei bei den Brüdern wieder voll geweckt. Von früh bis spät tauschen sie sich über nichts anderes aus als die Konstruktion ihres neuen Gleiters.

Mit ganz anderen Voraussetzungen als im Vorjahr machen sie sich an die Arbeit. Erstmals können sie jetzt auf wissenschaftlich präzise erarbeitete Daten zurückgreifen. Der Gleiter von 1902 wird sogar noch größer als der des Vorjahres: 10 Meter beträgt die Flügel-

Unten: Im Windkanal suchen die Brüder nach der besten Flügelform für ihr Fluggerät.

Aerodynamik

Aerodynamik ist Teil der Strömungslehre und beschreibt die Bewegung der Luft und die Wechselbeziehung zwischen der strömenden Luft und der umströmten Körper. Otto Lilienthal war der Erste, der auf dem Gebiet der Bestimmung von Auftrieb und Widerstand systematische Untersuchungen durchführte. Er erbrachte den Nachweis, dass gewölbte Tragflügelprofile einen hohen Auftrieb bei geringem Widerstand ermöglichen. Der Auftrieb entsteht dadurch, dass durch die besondere Form des Tragflügels die Strömung so verändert wird, dass an der Oberseite ein Unterdruck und an der Unterseite ein Überdruck entsteht.

spannweite, allerdings ist die Flügeltiefe kleiner. Stundenlang sitzt Wilbur an der Nähmaschine, um den Baumwollstoff für die Bespannung der Flügel zu nähen, während Orville die Nahtstellen für ihn markiert. Die beiden breiten die Einzelteile im ganzen Haus aus: Das Höhenruder besetzt das Sofa, die Kufen liegen auf dem Esszimmertisch. Ihre Schwester Katherine, die den beiden unverheirateten Brüdern den Haushalt führt, schreibt am 20. August 1902 an ihren Vater: „Zum Wohnen ist in unserem Haus kein Platz, aber in einer Woche werde ich so einsam sein, dass es mir lieb wär, der Rummel würde noch etwas länger anhalten."

Wenig später sind die Brüder wieder in den Sanddünen von Kitty Hawk verschwunden. Nachdem sie das Lager eingerichtet und den Gleiter zusammengebaut haben, machen sie am 20. September den ersten Testflug. Es ist ein klarer Tag, der Wind weht gleichmäßig mit 27 Stundenkilometern. Der Bruder des Postmeisters von Kitty Hawk, Dan Tate, hilft ihnen, den schweren Flugapparat auf die inzwischen wohlbekannte Düne zu tragen.

Wird der Flieger die Erwartungen, die die Brüder in ihn setzen, erfüllen? Wird der alte Menschheitstraum vom Fliegen in diesem Sommer Wirklichkeit? Nach einem schnellen Anlauf stürzt sich Wilbur von der Düne.

Unten: Wilbur und Orville Wright gelten als außerordentlich gewissenhaft und zuverlässig. Sie meiden Alkohol und Frauen – beide bleiben Zeit ihres Lebens Junggesellen.

Wilbur und Orville Wright

Der 1867 geborene Wilbur und der 1871 geborene Orville Wright gelten als die Erfinder des Flugzeugs. Die aus Dayton in Ohio stammenden Fahrradhändler sind die Söhne eines protestantischen Bischofs, der den United Brethren, einer christlichen Glaubensgemeinschaft, vorsteht. Sie bleiben ihr Leben lang unverheiratet. Über viele Jahre führt ihre Schwester ihnen den Haushalt. Durch einen Zeitungsartikel über die Flugversuche Otto Lilienthals beginnen sie sich für die Fliegerei zu interessieren. Nach dessen Tod konstruieren sie selbst Gleiter, die sie in der Nähe des Fischerortes Kitty Hawk an der windigen Küste von North Carolina testen. 1903 gelingt ihnen der erste gesteuerte Motorflug. Danach halten sie ihre Erfindung weitgehend geheim und kümmern sich um Patentschutz für ihre Flugsteuerung. Erst ab 1908 führen sie ihre Flugzeuge auf Flugschauen vor und bekommen weltweit große Anerkennung. Ihre Flugzeuge werden aber schon früh von anderen Flugzeugerfindern übertroffen, die die technischen Erfindungen der Wrights erfolgreicher als die Brüder selbst weiterentwickeln. 1912 stirbt Wilbur Wright an Typhus, sein Bruder Orville 1948 an Herzversagen.

6

Der erste Motorflug

Der Gleiter von 1902 erweist sich als der erste voll steuerbare Flugapparat der Welt. Nachdem die beiden Piloten gelernt haben, das Gerät zu beherrschen, übertrifft sein Flugverhalten alle Erwartungen. Es fliegt weite Kurven und enge Kurven und ist auch selbst in der Steillage, die beim Kurvenfliegen erforderlich ist, noch voll kontrollierbar. Auch das lästige Hochtragen auf die Sanddüne entfällt, denn bald gelingt es ihnen, oben auf der Düne genau an dem Punkt zu landen, von dem aus sie gestartet sind.

Dennoch wird der Sommer 1902 keineswegs ein Spaziergang. Die Brüder stürzen während ihrer weit über eintausend Testflüge mehrmals ab, denn natürlich fehlt es ihnen als Piloten auf dem neuen Flugapparat an Übung und Erfahrung. Zum Glück gehen ihre Stürze meist glimpflich ab, was hauptsächlich an dem vorn stehenden Höhenruder liegt, das den Aufprall abfängt. Dieser eigentümlichen Konstruktion ist es zu verdanken, dass sie anders als Lilienthal ihren Erfindungsdrang nicht mit dem Leben bezahlen müssen.

Im Verlauf des arbeitsreichen Sommers gibt es immer wieder Einzelheiten, die sie am Flieger verändern müssen. So fängt der Gleiter gelegentlich an zu zittern und wird dann unkontrollierbar hin und her gerissen. Als Orville einmal etwa 9 Meter über einer Düne fliegt, gerät er unerwartet in Lebensgefahr. Ungebremst schlägt der Flugapparat im Sand auf. Das Holz splittert, die Tuchbespannung

Unten: Orville bastelt bei eisiger Kälte am *Flyer* von 1903.

Seitenruder

Das Seitenruder ist eine bewegliche vertikale Steuerfläche am Leitwerk, das sich am Heck eines Flugzeuges befindet. Es dient dazu, das Flugzeug um die Hochachse zu drehen. Hauptaufgabe ist es, die Längsachse des Flugzeuges beim Betätigen des Querruders (Kurvenflug) in Flugrichtung zu halten. Weiterhin wird es benötigt, um die Längsachse in eine gewünschte Richtung zu drehen, wie es beispielsweise bei Starts und Landungen mit Seitenwind erforderlich sein kann.

Das Gleiten brachte riesigen Spaß, denn der Start war einfach und die Arbeit, die Maschine zurück auf den Hügel zu schleppen, erledigte der Wind für uns.

Wilbur Wright

Oben: Der Start erfolgt hügelabwärts und gegen den Wind. Von Jahr zu Jahr vervollkommnen die Brüder ihre Fähigkeiten als Piloten.

zerreißt. Wilbur rennt zur Absturzstelle. Erstaunlicherweise ist sein Bruder unverletzt. Das vorn stehende Höhenruder hat seinen Sturz wieder einmal perfekt abgefangen und ihm dadurch das Leben gerettet. Die nächsten Tage diskutieren sich Orville und Wilbur die Köpfe heiß, woran der Absturz gelegen haben könnte.

Schließlich beschließen sie, die Seitenruder beweglich zu machen und mit dem Querruder zu koppeln. Damit ist die letzte tödliche Gefahr gebannt. Sie geraten kein einziges Mal mehr ins Trudeln. Jetzt gehorcht der Gleiter in absolut jeder Situation seinen beiden Piloten.

Sie sind nun so weit, dass sie einen Motor einbauen können. Dadurch wäre das Fluggerät in der Lage, sich aus eigener Kraft in die Luft zu erheben.

Natürlich können die Wright-Brüder 1902 nicht in den nächsten Laden gehen und sich einen Motor kaufen. Die Automotoren der Zeit sind viel zu schwer. Sie schreiben zahlreiche Firmen an, aber keine einzige traut sich die Herstellung des ersten Flugzeugmotors der Welt zu. Da beauftragen sie ihren Freund Charles Taylor, einen Mechaniker, der in ihrem Fahrradladen die Reparaturen durchführt, mit dem Bau eines geeigneten Motors. So kommt es, dass sich Fahrradspezialisten der riesigen Aufgabe stellen, das erste Motorflugzeug der Welt zu bauen.

Die Aufgabe ist vielschichtig und kompliziert. Und wieder führen die Brüder bei jeder Einzelheit wilde Streitgespräche, bis sie sich am Ende auf die denkbar beste Lösung einigen.

Auch Charles Taylor wird in ihre Überlegungen einbezogen. Die Männer hocken von morgens bis abends über den Plänen. Immer wieder zeichnen sie neue, genauere Skizzen und nageln sie über Charles Taylors Drehbank. Die Drehbank, Schraubstöcke, einfaches Werkzeug und eine Bohrmaschine – mehr Geräte hat der Mechaniker nicht zur Verfügung, um den Motor zu bauen. Der fertige Motor wiegt schließlich 80 Kilogramm und entwickelt 12 PS bei 1025 Umdrehungen.

Auch die Konstruktion der Propeller verlangt zahlreiche Experimente und Tests, da es zu diesem Zeitpunkt nur Schiffsschrauben und keine Luftschrauben gibt. Die müssen sie erst noch erfinden. In kürzester Zeit schreiben, kritzeln und zeichnen die Brüder fünf dicke Notizbücher voll. Am Ende bauen sie Propeller mit einem Durchmesser von 2,55 Metern. Sie lassen sie von der Bewegung her gegeneinander laufen, um das Flugzeug auszubalancieren.

Am 23. September 1903 packen sie die vielen Einzelteile des neuen Flugzeugs in Kisten und fahren nun bereits zum vierten Mal nach Kitty Hawk. Ein Orkan hat ihren Schuppen aus den Fundamenten gehoben und um einige Meter verschoben. Sie müssen eine neue Lagerhalle errichten. An schönen, windigen Tagen unternehmen sie Flugversuche mit ihrem Gleiter von 1902, wenn Wind und Wetter das nicht zulassen, arbeiten sie am Zusammenbau des Motorfliegers.

? Flugzeugmotoren

Für Flugzeuge braucht man leistungsstarke, möglichst leichte Motoren. Ihre Aufgabe ist es, den Propeller anzutreiben. Zu Beginn der Fliegerei versuchte man es mit Dampfmaschinen als Antrieb, dann mit Automobilmotoren. Weil diese Antriebsmittel sehr schwer waren, konstruierten die Wrights den ersten Flugzeugmotor selbst: einen Vierzylinder-Viertakt-Reihenmotor von 12 PS, der lediglich 77 kg wog. Heute fliegen mehr als etwa 550 km/h schnelle Flugzeuge mit Strahltriebwerken.

Unsere Propeller unterscheiden sich so gründlich von allen, die bis zu diesem Zeitpunkt benutzt wurden, dass sie entweder um Längen besser oder um Längen schlechter als alle bisherigen sein werden.

Orville Wright im Gespräch mit einem Freund 1903

Links: Ein Nachbau des Motors der Brüder Wright von 1903

Nur langsam kommen sie voran, der Winter zieht ein. In der Waschschüssel gefriert das Wasser. Nachts schlafen die Brüder unter einem Berg aus fünf Decken und zwei Überdecken, ziehen weder Kleidung noch Schuhe aus und behalten selbst den Hut noch auf dem Kopf.

Zu der Zeit, als sie sich in Kitty Hawk die Nasen rot frieren, geht ihr größter Konkurrent Samuel Langley mit einer eigenen Konstruktion eines Motorfliegers an den Start. Sein riesiges Flugzeug hat er auf den beeindruckenden Namen *Great Aerodrome* getauft. Das Monster soll auf dem Fluss Potomac vom Dach eines Hausbootes aus per Katapult gestartet werden.

Der Amerikaner, der sich vor seinen Arbeiten zur Flugtechnik vor allem mit Astrophysik befasst hat und Sekretär des Smithsonian-Instituts ist, hatte von der amerikanischen Regierung die schier unglaubliche Summe von 50 000 Dollar erhalten, um mit einem riesigen Mitarbeiterstab ein Motorflugzeug zu entwickeln, das einen Menschen in die Luft befördern kann. Die beiden Wrights haben für die Entwicklung ihres *Flyers* bis zum Jahr 1903 gerade mal 1000 Dollar ausgegeben, die Bahnfahrten nach Kitty Hawk inbegriffen. In allen anderen Punkten sticht der *Great Aerodrome* den *Flyer* ebenfalls aus. 52 PS beträgt seine Motorleistung, die des *Flyers* gerade mal 12 PS. Die größte Tragfläche des *Great Aerodromes* ist 97 Quadratmeter groß, der *Flyer* kommt nur auf 47 Quadratmeter. Jahrelang hat Langley an seinem technischen Meisterwerk gearbeitet. Es ist ihm jedoch nicht gelungen, das Flugzeug mit einer

Unten: Samuel Pierpont Langley (rechts) mit seinem leidensfähigen Assistenten und Piloten Charles M. Manly

Samuel Pierpont Langley

Der 1834 in Massachusetts geborene Flugzeugpionier Samuel Langley ist in Amerika der stärkste Konkurrent der Wrights. Nachdem er 1896 einen erfolgreichen Flugversuch mit einem unbemannten Flugapparat vorgeführt hat, bewilligt ihm das Kriegsministerium 50 000 Dollar für die Entwicklung eines manntragenden Flugzeugs. Das Smithsonian-Institut gibt weitere 20 000 Dollar dazu. Der hoch angesehene, mehrfach ausgezeichnete Wissenschaftler – Langley ist Professor für Astronomie und Physik – macht sich an die Arbeit und scheitert kläglich. Sein von einem Hausboot gestartetes Flugzeug *Aerodrome* erweist sich als Flop. Niedergedrückt von dem Spott und der Häme, die daraufhin auf ihn niederprasseln, stirbt Langley 1906. Dennoch wird in Wissenschaftskreisen noch jahrelang behauptet, dass Langley den ersten erfolgreichen Motorflug vollbracht hat, was die Wrights sehr erbost.

Steuerung zu versehen. Dennoch will er es in die Luft bringen. Wer nicht wagt, der nicht gewinnt. Für den Piloten Charles M. Manly, Langleys Assistenten, ist der Jungfernflug auf dem Potomac bei Washington zugleich sein erster Flugversuch überhaupt. Vorsorglich hat der mutige Mann eine Schwimmweste angezogen.

Unter großer Anteilnahme der Presse wird die Maschine von dem Hausboot aus in die Luft katapultiert – und kracht nach wenigen Metern ungebremst in den Fluss. Der unerschrockene Pilot wird von einem beherzten Journalisten auf einem Ruderboot gerade noch rechtzeitig aus dem Wasser gefischt.

Die Brüder Wright wissen nichts von dieser spektakulären Blamage, über die ganz Amerika lacht. „Wir haben noch keine Zeitung gehabt, seit wir hierhergekommen sind. Du siehst also, dass wir gerade in glückseliger Ahnungslosigkeit leben“, schreibt Orville an seine Schwester Katherine in Dayton. Sie wissen lediglich, dass die Konkurrenz ihnen im Nacken sitzt, haben aber keine Ahnung, wie nah oder weit Langley vom Ziel entfernt ist.

Der Wettlauf mit Langley treibt sie bei ihren Vorbereitungen zu Höchstleistungen an. Die Schwierigkeiten türmen sich in den nächsten Wochen jedoch so unüberwindlich vor ihnen auf, dass es verwunderlich ist, dass sie ihre Köpfe nicht in den Sand von Kitty Hawk stecken. Beim ersten Anwerfen des Motors kommt es zu Fehlzündungen. Durch das Rütteln des Motors brechen die Propeller-

Katapult

Die Brüder Wright benutzen von 1904 bis 1909 als Startvorrichtung ein Flugzeugkatapult, da ihre Flieger nicht aus eigener Kraft die nötige Startgeschwindigkeit erreichen können. Auch heute kommen Katapulte noch dort zum Einsatz, wo Flugzeuge wegen einer zu kurzen Startbahn nicht die erforderliche Geschwindigkeit erreichen können, wie z. B. auf Flugzeugträgern. Mithilfe eines Dampfkatapults erreicht ein Flugzeug auf solchen Schiffen innerhalb von nur zwei Sekunden seine Startgeschwindigkeit.

Wir erkannten, dass alle Berechnungen, nach denen Flugapparate konstruiert worden waren, unzuverlässig waren und dass somit jedermann im Dunkeln tappte.

Wilbur Wright

Der spektakuläre Crash von Langleys *Great Aerodrome* auf dem Potomac-Fluss

Der Bruchpilot Manly ist Ingenieur und der Konstrukteur des Motors des *Great Aerodrome.* Der Motor war weitaus besser als das Fluggerät selbst.

wellen. Nur Charles Taylor ist in der Lage, sie zu reparieren. Also montieren sie sie ab, senden sie nach Dayton und warten ergeben ab. Am 20. November erhalten sie die Propellerwellen zurück. Beim Einbau stellen sie fest, dass die Zahnräder trotz aller Mühen nicht halten wollen. Ihr Werkzeug in Kitty Hawk reicht nicht aus, um den Fehler zu beheben. Schließlich behelfen sie sich mit einem zementartigen Kleber. Als es nach endlosen Tests dann ernst werden soll, ergibt ein letzter Check, dass eine der Wellen einen feinen Haarriss hat. Wenn sie damit losgeflogen wären, wären ihnen die Propeller, die Zahnräder und die schweren Fahrradketten um die Ohren geflogen. Der Pilot hätte den ersten Motorflug womöglich nicht überlebt. Also wieder runter mit den Wellen. Sie müssen neu gefertigt werden, dieses Mal nicht aus Stahlrohren, sondern aus solidem Stahl. Und natürlich kann das wieder einmal nur in Dayton vonstatten gehen. Damit nicht wieder so viel Zeit mit Warten auf die Post verschwendet wird, macht sich Orville selbst auf den Weg.

Während Wilbur in Kitty Hawk zur Untätigkeit verdammt ist, macht ihr Konkurrent Samuel Langley auf dem Potomac seinen zweiten Flugversuch mit dem *Great Aerodrome.* Die Regierung hat ihm Geld für die Reparatur zur Verfügung gestellt, nachdem er behauptet hatte, dass der Fehlstart bei seinem ersten Versuch darauf zurückzuführen war, dass sich das Flugzeug in einem Halteseil verfangen hatte. Wieder wird der schwere, dröhnende Vogel vom Hausboot aus in die Luft geschossen. Auf halbem Weg nach oben bricht er auseinander und landet mit dem Heck voran im Fluss. Dieses Mal überlebt der bedauernswerte Pilot Manly nur knapp, da sich seine Schwimmweste unter Wasser in den Metallstreben des Fliegers verfängt. Als er sich schließlich befreit und in letzter Sekunde an die Wasseroberfläche schießt, stößt er sich den Kopf an einer Eisscholle.

Drei Tage nach diesem Ereignis kommt Orville mit den neuen Propellerwellen und darüber hinaus mit den Einzelheiten über Langleys zweiten Fehlstart zurück. Die Neuigkeiten wärmen den Brüdern im eisigen Küstenwind das Herz. Sie haben immer noch die Chance, die Ersten zu sein. Sie werden sie nutzen.

Am 14. Dezember ist es endlich so weit. Ihr *Flyer* ist fertig. Fünf Männer helfen ihnen, den Motorflieger auf den ausgelegten Schienen die Düne hochzuschieben, wo er von einem Halteseil gesichert wird. Der Motor läuft an. Er schnurrt wie ein Kätzchen. Die Propel-

Erfolg – vier Flüge Donnerstagmorgen – gestartet gegen einundzwanzig Meilen Wind von Ebene nur mit Motorkraft – längster Flug 57 Sekunden – benachrichtige Presse –Weihnachten zu Hause.

Telegramm der Brüder an ihren Vater, 17. Dezember 1903

Unten: Der entscheidende Moment: Am 17. Dezember 1903 um 10:30 Uhr hebt der *Flyer* der Wrights für einige Sekunden aus eigener Kraft von seiner 18 Meter langen Startschiene ab.

ler drehen sich einwandfrei. Die Brüder knobeln miteinander aus, wer den ersten Flug unternehmen darf. Wilbur gewinnt. Er hangelt sich auf die untere Tragfläche und legt sich auf den Bauch. Das Halteseil wird gelöst, das Flugzeug schießt nach vorn, steigt auf – und kippt nach nur 30 Metern unsanft wieder ab. Nach dreieinhalb Sekunden in der Luft stehen also erst einmal Reparaturen an. Zumindest wissen die Brüder nun, dass die Kiste fliegen kann. Es war die mangelnde Flugerfahrung Wilburs mit dem neuen Fluggerät, die zur Bruchlandung führte.

Bereits am 17. Dezember wagen sie den nächsten Versuch. Die Wrights haben die Startschienen direkt neben ihrem Schuppen ausgelegt. Auf diese Weise können sich die Helfer während der Wartezeit im Schuppen aufwärmen. Der Wind pfeift mit einer Geschwindigkeit von 40 Stundenkilometern über sie hinweg. Dieses Mal darf Orville zuerst fliegen. Unauffällig fordert Wilbur die Helfer aus dem Dorf auf, seinem Bruder zuzulachen, um ihn aufzumuntern. So machen sie trotz der lausigen Kälte heitere Gesichter.

Oben: An ihrem Heimatort in Dayton, Ohio, wurde den Brüdern dieses Denkmal errichtet. Auch im Flugzeugmuseum der Stadt werden sie geehrt.

Der Flug, der als der erste Motorflug in die Geschichte eingehen soll, ist wieder nur kurz, ein Hüpfer von 36,5 Metern, denn auch Orville kommt als Pilot mit der neuen Technik zunächst nicht zurecht. Aber das Flugzeug erhebt sich eindeutig aus eigener Kraft aus der Ebene in die Luft. Im Laufe des Vormittags gelingen ihnen noch weitere Flüge. Das ist der Durchbruch. Sie haben es geschafft!

Bevor sie größere Strecken in Angriff nehmen können, werden sie wieder einmal ausgebremst. Während einer kurzen Pause wird der *Flyer* unerwartet von einer Windböe ergriffen und über den Strand in Richtung Meer getrieben. Mehrmals schlägt der Flieger so hart auf dem Boden auf, dass am Ende nur noch ein Schrotthaufen übrigbleibt. Alle Drähte und Streben sind zerrissen. In diesem Jahr sind keine weiteren Testflüge mehr möglich. Doch haken sie das Missgeschick schnell ab.

Als sie, zufrieden mit dem Erreichten, ihre Sachen in Kitty Hawk zusammenpacken, um das Weihnachtsfest im Kreise ihrer Familie in Dayton zu verbringen, ahnen sie nicht, dass die größten Schwierigkeiten noch vor ihnen liegen.

7

Der Triumph

Weder die Presse noch der Rest der Welt erfassen, was den Brüdern da geglückt ist. Manche Zeitungen glauben, sie haben ein ballonartiges Gefährt nachgebaut: „Dayton-Jungs fliegen Luftschiff“, titelt beispielsweise eine Tageszeitung. Die Brüder stecken in der Klemme: Sie wollen mit ihrem *Flyer* Geld verdienen. Schließlich sind sie Geschäftsleute. Ihre Idee wird die Welt verändern und sie wollen ihren Anteil an den zu erwartenden Gewinnen erhalten. Solange sie ihre Erfindung nicht verkauft haben, müssen sie sich bedeckt halten. Würden die Zeitungen ihr Flugzeug abbilden und ihr Steuerungssystem beschreiben, dann könnte jeder andere Flugzeugerfinder ihren *Flyer* nachbauen und selbst das große Geschäft machen. In der Nähe von Dayton in der Hufman-Prärie tüfteln sie weiter an ihrem Motorflieger, bleiben bald knapp 40 Minuten in der Luft und meistern selbst einen 38 Kilometer langen Flug ohne Zwischenlandung. Sogar Kreise lassen sich ohne Probleme fliegen! Als sie feststellen, dass neugierige Schnüffler mit Kameras bewaffnet um ihre Flugzeughalle schleichen und heimlich versuchen, Aufnahmen des *Flyers* zu machen, stellen sie 1905 die Flugversuche komplett ein und kümmern sich zweieinhalb Jahre lang ausschließ-

Der *Flyer*

Der *Flyer I* von 1903 ist das erste Motorflugzeug der Brüder Wright.
Als Nachfolger des Doppeldecker-Modells bauen sie 1904 *Flyer II,* 1905 *Flyer III* und 1908 *Model A.* Mit *Flyer III* gelingen ihnen im Oktober 1905 erstmals Flüge über 38,6 Kilometer. Als sie den *Flyer III* 1908 in Kitty Hawk testen, stürzt Wilbur damit ab. Das führt zum Bau von *Model A. Model A* ist das erste zum Verkauf vorgesehene Modell. Mit ihm machen Wilbur und Orville 1908 die Demonstrationsflüge in Le Mans, Frankreich, und in Fort Myers in Florida, USA.
Der beschädigte *Flyer III,* der nach Wilburs Absturz von 1908 in einer Lagerhalle in Kitty Hawk untergestellt wurde, wird 1947 restauriert und steht heute in einem Museum in Dayton, dem Heimatort der Brüder.

Rechts: Orville, Wilbur und ihre Schwester Katherine mit anderen. Die Schwester führt für die beiden unverheirateten Brüder den Haushalt.

Oben: Wilbur Wrights erster Flug in Europa auf der Rennstrecke bei Le Mans macht in ganz Frankreich Schlagzeilen.

lich um den Verkauf ihrer Erfindung. Da sie allerdings unglaubliche 200 000 Dollar fordern, aber ihr Flugzeug erst dann vorführen wollen, wenn die Verträge unterschrieben sind, gehen die Gespräche nur schleppend voran. Keiner will die Katze im Sack kaufen. Und die sturen Brüder wollen die Katze erst aus dem Sack lassen, wenn ihnen niemand mehr ihre Erfindung stehlen kann.

Die Konkurrenz schläft in diesen zweieinhalb Jahren nicht. Andere Flugzeugerfinder holen Schritt für Schritt auf. Der Vorsprung der Wrights wird immer kleiner. 1907 gelingt es einem französischen Flieger namens Henri Farman bereits, 1 Minute 34 Sekunden in der Luft zu bleiben und dabei eine Strecke von 1030 Metern zurückzulegen.

Den wichtigsten Absatzmarkt für ihre Flugzeuge sehen die Brüder Wright beim Militär. In Zukunft werden Flugzeuge durch ihre Aufklärungsarbeit aus der Luft jeden Krieg entscheiden. Sie bieten ihren *Flyer* daher als Erstes dem US-amerikanischen Kriegsministerium an. Aber dort hält man die beiden für Angeber und Spinner. Erst als andere Länder Interesse zeigen, nimmt man auch in Amerika Notiz von ihrer Erfindung. Während Wilbur Wright sein Flugzeug in Frankreich vorführt, bereitet Orville fast gleichzeitig eine

Flugdarbietung in Amerika vor Vertretern des Kriegsministeriums vor. Und so kommt es, dass Wilbur nun allein, ohne seinen Bruder Orville, in Frankreich an der Rennstrecke von Le Mans steht.

Die Menschen haben gebannt der langen Geschichte des amerikanischen Flugpioniers gelauscht. Inzwischen ist die Dämmerung hereingebrochen. Es ist Zeit, nach Hause zu gehen. Wilbur Wright verabschiedet sich von seinen Zuhörern. Die Leute bestürmen ihn, gleich am folgenden Tag einen weiteren Testflug zu machen, aber das lehnt der gläubige Amerikaner entschieden ab. Sonntag ist der Tag des Herrn. Niemals würden er oder sein Bruder Orville an einem Sonntag fliegen. Für kein Geld der Welt. Der Siegeszug des Flugzeugs muss bis Montag warten.

Aber der Triumphzug der Brüder Wright ist nach diesem sensationellen Tag in Le Mans ohnehin nicht mehr aufzuhalten. Beim ersten Testflug waren 26 Menschen zusammengekommen, beim zweiten Testflug zwei Tage später stehen 4000 Zuschauer dicht gedrängt an der Rennbahn. Und der Strom der Zuschauer, die den Amerikaner fliegen sehen wollen, reißt nicht mehr ab. Wilbur wird wie ein Held gefeiert. Eine ungeheure Welle der Begeisterung geht durch ganz Europa. Selbst Könige und Fürsten kommen, um den berühmten Flugpionier fliegen zu sehen und ihm die Hand zu schütteln. Doch Wilbur bleibt auf dem Teppich. Seine Bescheidenheit schafft ihm viel Anerkennung. Nicht einmal das Angebot, in ein schönes Hotel zu ziehen, nimmt er an. Lieber schläft er in der Montagehalle bei seiner Maschine. Er bleibt der, der er immer war: ein bescheidener, ordentlicher, geradliniger, zurückhaltender, wortkarger Mann. Große Worte zu machen ist ihm immer schon zuwider gewesen.

Mit großer Spannung wartet Wilbur in Frankreich auf Nachricht, wie es Orville bei seiner Flugvorführung in Amerika ergangen ist. Wie gern würde er ihn bei der Vorbereitung unterstützen. Ihm fällt eine Zentnerlast vom Herzen, als auch Orville seine ersten Flugtests auf einem Flugfeld bei Fort Myers im US-Bundesstaat Florida gut übersteht. Immer länger werden die Flugzeiten der Brüder, immer höher steigen sie auf, bis ihnen die Menschen unten am Flugfeld klein wie Ameisen vorkommen. Orville bleibt am 12. September 1 Stunde 20 Minuten und 14 Sekunden oben. Schließlich wagen es die Brüder sogar, Passagiere mit an Bord zu nehmen. Die Zeitungen auf der ganzen Welt überschlagen sich vor Begeisterung. Mit dem überwältigenden Erfolg der ersten Passagierflüge laufen auch

Rechts: Wilbur mit Mrs Hart O. Berg, der ersten fliegenden Frau der Welt. Sie schnürt ihren Rock mit einem Seil zusammen, damit er nicht hochfliegt – Hosen gibt es damals für Frauen noch nicht.

Unten: Orvilles Absturz in Fort Myers, USA, im September 1908. Sein Passagier, Lieutenant Selfridge, erleidet einen Schädelbruch und stirbt.

Das einzig Gefährliche am Fliegen ist die Erde.

Wilbur Wright auf die Frage einer Zuschauerin während einer Flugvorführung in Frankreich 1908

endlich die Geschäfte an. Doch gerade in dem Moment, wo sie sich zurücklehnen und ihren Ruhm genießen könnten, geschieht ein Unfall, der es ungewiss erscheinen lässt, ob je wieder ein Mensch ein Flugzeug besteigen wird.

Orville macht am 17. September 1908 seinen *Flyer* zum Start klar. An diesem Tag nimmt er Oberstleutnant Thomas E. Selfridge, den offiziellen Beobachter des Kriegsministeriums, als Passagier mit. Dreimal umrunden sie problemlos das Flugfeld, doch bei der vierten Runde überzieht das Flugzeug unerwartet und stürzt steil zu Boden. Die Maschine ist nur noch ein Haufen Schrott, Orville ist schwer verletzt, der Offizier des Kriegsministeriums stirbt wenig später im Krankenhaus an seinen Kopfverletzungen. Auf der ganzen Welt berichten die Zeitungen von diesem Ereignis auf den Titelseiten. Ist das nun das Ende der Fliegerei?
Während Orville sich im Krankenhaus langsam von seinen zahlreichen Knochenbrüchen erholt, stürzt sich Wilbur mit noch größerer Entschlossenheit als zuvor auf die Fliegerei. Jetzt bricht er jeden seiner eigenen Rekorde sogar noch um Längen. Er will auf Gedeih und Verderb das Vertrauen in ihre Erfindung zurückgewinnen, er will ihren guten Ruf retten. Ende des Jahres bleibt er auf einer Höhe von 115 Metern 2 Stunden und 20 Minuten ohne Zwischenlandung in der Luft.

Am Ende stellt sich heraus, dass ein Materialfehler – der Längsriss eines der Propellerflügel – zu Orvilles Absturz geführt hat. Die

Menschen reagieren mit Mitgefühl und Anteilnahme auf den Unfall. Trotz des tragischen Ereignisses wollen viele weiterhin mit Wilbur Wright fliegen. Wilbur macht Flugdarbietungen in ganz Europa und wird mit Preisen und Auszeichnungen überhäuft.

Hunderttausende kommen, um ihn fliegen zu sehen. Jedes Kind auf der Welt kennt die Namen der Wrights. Und auch in Amerika werden die Brüder nach Orvilles Genesung endlich gebührend gefeiert. Sie werden vom amerikanischen Präsidenten im Weißen Haus empfangen, die Abgeordneten vertagen sogar eine wichtige Sitzung, um einen Flug zu sehen. In New York applaudiert eine Million begeisterter Bürger, als Wilbur am Himmel eine Schleife um die Freiheitsstatue zieht. Es ist die größte Menschenmenge, die je zusammenkommt, um eine Flugschau zu sehen.

Innerhalb von nur zehn Jahren ist es den Brüdern geglückt, eine Erfindung zu machen, die das Leben der Menschen revolutioniert. Wilbur kann die rasante Entwicklung des Flugzeugbaus nicht mehr lange miterleben. Er stirbt drei Jahre nach seinem Flug über New York im Alter von nur 45 Jahren an Typhus. Orville zieht mit seiner Schwester und seinem Vater in ein schönes großes Haus um, das

Preisgelder

Üppige Preisgelder spornen zu Beginn des 20. Jahrhunderts Piloten zu Rekorden an.

- 31. Dezember 1908: Wilbur Wright bleibt mit einem Passagier an Bord 1 Stunde 9 Minuten in der Luft und erhält dafür 20 000 Francs Preisgeld.
- 25. Juli 1909: Der Franzose Louis Blériot überfliegt als erster Mensch den Ärmelkanal und erhält dafür 1000 englische Pfund.
- 20. Mai 1927: Charles Lindbergh gelingt ein 33½ Stunden dauernder Nonstop-Flug von New York nach Paris. Das Preisgeld: 25 000 US-Dollar.

Nach 1909 holen die anderen Flugzeugerfinder auf. Die Wright-Flieger haben bei Flugwettbewerben bald das Nachsehen.

er gemeinsam mit Wilbur für die Familie gebaut hatte. Zeit seines Lebens bleibt er Junggeselle. Als seine Schwester sich mit 50 Jahren überraschend verliebt und heiratet, bleibt er einsam in dem großen Haus zurück. Mit Flugzeugen beschäftigt er sich nur noch am Rande.

Er erlebt mit, wie immer größere und immer sicherere Passagierflugzeuge Länder und ganze Kontinente miteinander verbinden. Aber er muss sich auch der schmerzhaften Tatsache stellen, dass Tausende von Flugzeugen in zwei Weltkriegen in nie dagewesener Weise Tod und Verderben über die Menschen bringen.

Interessiert verfolgt Orville, wie mit der Zeit Düsentriebwerke an die Stelle von Propellern treten. Er sieht noch, wie die ersten Flugzeuge in Überschallgeschwindigkeit fliegen, und erlebt mit, wie die ersten Raketen in die Atmosphäre geschossen werden. Die Erfindung der beiden Brüder macht in kürzester Zeit fast unbegreifliche Fortschritte. Als Orville am 30. Januar 1948 mit 76 Jahren an Herzversagen stirbt, weiß er, dass diese Entwicklung noch lange nicht abgeschlossen ist. Es hätte ihn sicher stark berührt, wenn er erfahren hätte, dass Neil Armstrong bei der Mondlandung ein Stück Segeltuch vom *Flyer* der Wrights von 1903 bei sich trug, um seine Verbundenheit mit der großen Pionierleistung der Wrights zum Ausdruck zu bringen.

Flugschau

In den frühen Jahren der Fliegerei ziehen Flugschauen wahre Menschenmassen an. Zur ersten Flugschau der Geschichte 1909 in Reims kommen 500 000 begeisterte Zuschauer. Pirouetten in der Luft, ein „Todessturz“, bei dem das Flugzeug seinen Sturzflug erst kurz über dem Boden wieder abfängt – diesen Wahnsinn bezahlten bis 1910 35 Piloten mit dem Leben. Auch die ersten Fliegerinnen treten bei Flugschauen auf, doch ist es ihnen lange nicht gestattet, als Pilotinnen Passagiere zu befördern und so ihr Geld zu verdienen.

8

Schneller – höher – weiter

>>> **Immer neue Rekorde** wurden aufgestellt, seit die Brüder Wright durch ihre Erfindung das Reisen revolutionierten. In den frühen Jahren der Fliegerei werden die Piloten wie Helden gefeiert. Das liegt daran, dass die Technik noch in den Kinderschuhen steckt und die Himmelsstürmer oft großen Mut, Geistesgegenwart und vor allem Glück brauchen, um heil wieder unten anzukommen. Als der Franzose Louis Blériot 1909 mit einem selbst konstruierten Flugzug den Ärmelkanal überquert, verirrt er sich bereits nach zehn Minuten. Zum Glück entdeckt er auf dem Weg nach Dover Schiffe, denen er folgen kann, so kommt er wieder auf den richtigen Kurs. Unterwegs überhitzt sein Motor. Er entgeht nur deswegen einem Absturz, weil es anfängt zu regnen und der Motor durch den Regen heruntergekühlt wird. Bei der Landung in den Klippen bei Dover schlägt er krachend auf und demoliert sein Fahrgestell. 100 000 Menschen jubeln dem risikofreudigen Mann nach diesem Höllenritt zu.

Oben: Charles Lindbergh im offenen Cockpit auf dem Lambert Field in St. Louis, Missouri. Von hier flog er zunächst nach New York, wo am 20. Mai 1927 sein Nonstop-Flug nach Paris beginnt.

33 Stunden und 39 Minuten dauert der Flug von New York nach Paris, der den 25-jährigen Amerikaner Charles Lindbergh 1927 zur Legende macht. Er trotzt Wind und Wetter und besiegt seine bleierne Müdigkeit. Wäre er während des Fluges auch nur für fünf Minuten eingeschlafen, wäre er abgestürzt. Auch er hat mit der Navigation Probleme: Vor der Küste Irlands verliert er die Orientierung. Kein Land in Sicht, das ihm Anhaltspunkte geben könnte. Als er ein Fischerboot entdeckt, zieht er seine Maschine nach unten, beugt sich aus dem Fenster seines Flugzeuges und brüllt den Männern zu: „Wo geht es nach Irland?“ Die verblüfften Fischer weisen ihm den Weg, Lindbergh überfliegt sicher den Ärmelkanal und kann sein Ziel heil erreichen. Ganz Paris ist auf den Beinen, um Lindbergh und sein berühmtes Flugzeug *Spirit of St. Louis* nach der erfolgreichen Landung mit eigenen Augen zu sehen.

Die ersten Frauen, die als Pilotinnen öffentlich in Erscheinung treten, machen weltweit Schlagzeilen. Die Amerikanerin Amelia

Earhart ist die erste ausgebildete Pilotin der Welt. 1932 überquert sie als erste Frau im Alleinflug den Atlantik. Als „Tochter des Himmels“ geht sie in die Geschichte ein.

Als das Fliegen mit der Zeit sicherer geworden ist, steht eher die Flugzeugtechnik als die Piloten im Mittelpunkt des Interesses. Dem Erstflug eines Düsenflugzeuges folgt 1947 der Flug des ersten Überschallflugzeuges, und 1949 steigt mit der *De Havilland Comet* das erste Passagierflugzeug mit Strahltriebwerken in die Luft.

Die große Herausforderung für die Flugzeugbauer in unseren Tagen ist es, Flugzeuge zu entwickeln, die mit möglichst wenig Flugkraftstoff auskommen und möglichst leise fliegen. Denn heute ist Fliegen alltäglich geworden und wird dadurch zur Umweltbelastung. Allein in Deutschland starten jedes Jahr drei Millionen Flugzeuge. Durch den hohen Ausstoß des Treibhausgases Kohlendioxyd (CO_2) werden Flugzeuge zur Gefahr für das Klima.

Bei der Entwicklung des heute größten Verkehrsflugzeuges der Welt, des *Airbus A380,* standen daher ganz klar Umweltfragen im Vordergrund.

Unten: Der mit Abstand größte Flughafen Deutschlands: der Rhein-Main-Flughafen in Frankfurt

5000 Ingenieure und Techniker auf der ganzen Welt arbeiteten zusammen, um ein Flugzeug zu konstruieren, das größer als alle bisherigen Flugzeuge und gleichzeitig leiser und im Kraftstoff-

verbrauch sparsamer als alle anderen Flugzeuge vergleichbarer Größe werden sollte.

Das Team aus Ingenieuren, das diese hoch gesteckten Ziele in Angriff nimmt, ist dabei auf mehrere Standorte in ganz Europa aufgeteilt. Jeder Standort hat eine andere Aufgabe: In Großbritannien werden zum Beispiel die Flügel entwickelt und hergestellt, einige Teile des Rumpfes werden in Deutschland, andere in Frankreich gebaut, das Höhenleitwerk kommt aus Spanien, das Seitenleitwerk aus Deutschland. In Toulouse findet die Montage der einzelnen Teile statt, in Hamburg die Ausrüstung der Kabinen.

Um das Flugzeug leichter zu machen, wird mit modernsten Werkstoffen gearbeitet, die noch nie zuvor in Flugzeugen verbaut wurden. Alle Systeme müssen neu entwickelt werden, um sie leichter und kleiner zu machen. Am Ende gelingt es dem Team, ein Flugzeug zu konstruieren, das pro Passagier gerade noch 3 Liter Flugbenzin auf 100 Kilometer verbraucht.

Den Moment, als die *A380* am 25. Oktober 2007 zum ersten Mal mit Passagieren vom Boden abhebt, werden die 52 000 Beschäftigten von Airbus, die als gesamtes Team sieben Jahre gemeinsam dafür gekämpft haben, nie vergessen. Ihr „Baby“ ist mit 24 Metern Höhe so hoch wie ein achtstöckiges Haus und 73 Meter lang. Insgesamt 530 Kilometer Elektrokabel stecken im Bauch des Flugzeuges und wenn sich die *A380* auf der Startbahn in Bewegung setzt, dann entspricht der Startschub der Kraft von 2500 Mittelklasse-Autos.

Airbus A380

Der *Airbus A380* des europäischen Flugzeugherstellers Airbus S. A. S. ist zurzeit das größte Verkehrsflugzeug der Welt. Auf zwei Decks finden 525 Passagiere Platz. Das Flugzeug kostet im Jahr 2010 laut Listenpreis 346,3 Millionen Dollar. Für die neuen Technologien, die für die *A380* entwickelt wurden, wurden bis heute 380 Patente angemeldet.

Besatzung: 26
Passagiere: 525
Spannweite: 79,8 m
Länge: 72,7 m
Höhe: 24,1 m
Max. Abflugmasse: 560 000 kg
Schub: 4x 311 kN
Maximale Reichweite: 15 000 km
Geschwindigkeit: 945 km/h
Reisehöhe: 13 137 m
Erstflug: 27. April 2005

Im Innern des Riesen-Fliegers fühlt man sich eher wie in einem hohen Gebäude auf der Erde als wie in einem Flugzeug. Die *A380* hat zwei Stockwerke, darunter liegt der Frachtraum. In der 1. Klasse wird der Airbus zu einem Luxushotel der Lüfte: Die Passagiere können ihren Sitz in ein vollwertiges Bett verwandeln und sogar ausprobieren, wie es ist, in 10 000 Metern Höhe zu duschen. Doch trotz aller Superlative fliegt die *A380* vom Prinzip her nicht anders als der *Flyer* der Brüder Wright.

In der Zukunft des Flugzeugbaus wird es weiterhin vor allem darum gehen, Flugzeuge noch sparsamer und umweltfreundlicher zu machen. Neue Erkenntnisse in der Energiegewinnung werden dabei entscheidend sein.

Die ganze Flugzeugbranche verfolgt daher zurzeit mit riesigem Interesse das Projekt eines relativ kleinen Teams – einer Gruppe von Idealisten –, das es sich vorgenommen hat, ein Solarflugzeug zu entwickeln, das ganz ohne Treibstoff fliegen kann, einzig angetrieben von der Kraft der Sonne.

Oben: Nach der erfolgreichen Weltumrundung landen Bertrand Piccard und Brian Jones mit dem Ballon *Breitling Orbiter 3* am 21. März 1999 in der ägyptischen Wüste.

Der bekannteste Vertreter dieser Gruppe ist der Schweizer Bertrand Piccard.

Bertrand Piccard kommt aus einer Familie von Pionieren. Sein Großvater Auguste Piccard war der Erste, der mit einem Ballon auf 16 Kilometer in die Stratosphäre aufstieg, sein Vater Jacques drang als Erster mit einem Tauchboot in Meerestiefen von 11 Kilometern hinab und Bertrand selbst gelang es gemeinsam mit seinem Co-Piloten Brian Jones, als Erster mit einem Ballon einmal um die ganze Welt zu fliegen. Das scheinbar Unmögliche möglich zu machen, das gelang allen drei Piccards durch harte Arbeit und mit beispiellosem Mut.

Jetzt hat sich Bertrand vorgenommen, innerhalb von 30 Tagen mit einem Flugzeug, das etwa die Flügelspannweite der *A380* hat, aber nur so viel wie ein Kleinwagen wiegt, einmal die ganze Erde zu umfliegen. Sein großes Anliegen ist es, die Menschheit damit auf die Chancen der Solarenergie hinzuweisen.

Links: Die Montagehalle des *Airbus A380* in Blagnac bei Toulouse – hier befindet sich der größte Airbus-Standort.

Verrückte Idee? Auf keinen Fall! „Es ist viel verrückter, zu glauben, unsere Zivilisation könne überleben, wenn sie jede Stunde eine Million Tonnen Öl verbraucht“, sagt der drahtige Mann mit den strahlend blauen Augen. Wenn er es tatsächlich schafft, ohne einen Tropfen Sprit und ohne Schadstoffausstoß einmal um die ganze Welt zu fliegen, dann wird man auch bei Autos, Computern oder Heizungen noch viel stärker als bisher nach umweltfreundlichen Lösungen suchen, hofft Piccard. Und wenn ein Umdenken erfolgt, könne man unsere drängenden Umweltprobleme in den Griff bekommen. Das treibt Bertrand Piccard an: Er möchte dazu ermutigen, Missstände nicht hinzunehmen, sondern mit aller Kraft nach Lösungen für die Probleme unserer Zeit zu suchen.

Die Belastungen, die während des großen Fluges auf den Piloten des Solarflugzeuges zukommen, sind riesig: Während der bis zu fünf Tage dauernden Etappenflüge kann er bestenfalls alle vier Stunden etwa für eine Viertelstunde schlafen. Währenddessen wird das Flugzeug vom Autopiloten gesteuert. Bertrand Piccard beherrscht die Technik der Selbsthypnose, ohne die so wenig Schlaf gar nicht durchzuhalten wäre. Sollten während des Fluges Probleme auftauchen, wird er durch einen Vibrationsalarm in einer eigens dafür entwickelten Pilotenjacke alarmiert. Sobald sich das Flugzeug um mehr als 5 Grad nach rechts neigt, wird im rechten Ärmel der Jacke Alarm ausgelöst, Probleme mit der linken Tragfläche zeigt der linke Arm an. Zudem wird der Pilot von einem on-board-Informatiksystem unterstützt. Es führt den Motoren z. B. die genau berechnete optimale Energiemenge von den Batterien zu.

Solar Impulse

Solar Impulse ist ein Projekt der Schweizer Bertrand Piccard und André Borschberg. Das Solarflugzeug soll seinen Piloten im Jahr 2012 in mehreren Etappen einmal um die Welt fliegen, und das ganz ohne Treibstoff, einzig angetrieben von Sonnenenergie.

Daten des Prototyps HB-SIA

Besatzung: 1
Passagiere: 0
Spannweite: 63,40 m
Länge: 21,85 m
Höhe: 6,40 m
Leermasse: 1600 kg
Triebwerk: vier 10-PS-Motoren
Durchschnittsgeschwindigkeit: 70 km/h
Maximale Flughöhe: 8500 m
Flügelfläche: 200 m²
Solarzellen: 11 628

Bertrand Piccard

Bertrand Piccard wird am 1. März 1958 in der Schweiz geboren. Er stammt aus einer weltberühmten Familie von Wissenschaftlern und Entdeckern. Bereits in seiner Jugend macht er sich als Pilot von Ultraleichtflugzeugen einen Namen, außerdem beschäftigt er sich mit Flugakrobatik, Fallschirmspringen und dem Fliegen von Hängegleitern.

Nach der Schule studiert Bertrand Medizin und wird Psychiater. Er gilt als Experte im Bereich der Hypnose. Nach dem Studium begeistert er sich für Ballonfahrten.

1992 gewinnt er den ersten transatlantischen Ballonwettbewerb. Zusammen mit Brian Jones umrundet er 1999 als erster Mensch in einem Ballon die ganze Welt.

Mit seinem neuen Projekt „Solar Impulse" will der Wissenschaftler und Abenteurer durch einen Flug um die Erde die Möglichkeiten von erneuerbaren Energien aufzeigen. Bertrand Piccard ist verheiratet und hat drei Töchter. Die Familie lebt in Lausanne.

Wenn wir mit *Solar Impulse* um die Welt fliegen, werden Millionen Menschen Energie sparen und Politiker wählen, die eine echte Vision bieten.

Bertrand Piccard

Oben: Der Prototyp der *Solar Impulse HB-SIA* in den Schweizer Alpen. Das Propellerflugzeug hat eine Flügelspannweite von 61 Metern und ist mit 12 000 Solarzellen ausgestattet.

Genau wie das Schlafen folgt auch das Essen strengen Regeln. In Sekundenschnelle muss der Pilot konzentrierte Nahrung hinunterschlingen, da er die Sauerstoffmaske nur für kurze Augenblicke von seinem Gesicht entfernen kann, will er nicht das Bewusstsein verlieren.

Ein großes Gesundheitsrisiko stellt auch das tagelange Eingezwängtsein auf einem engen Sitz dar. Der Gefahr einer Thrombose, des Verschlusses eines Blutgefässes aufgrund der mangelhaften Durchblutung, die durch das lange bewegungslose Sitzen hervorgerufen wird, muss der Pilot mit Medikamenten vorbeugen.

Bertrand Piccard und sein Kollege André Borschberg, der ebenfalls als Pilot zum Einsatz kommen wird, nehmen alle Schwierigkeiten ohne zu Klagen auf sich. Denn ihr Traum von einer gesunden, sauberen Umwelt ist ebenso groß wie der, den die Brüder Wright vor 100 Jahren am Strand von Kitty Hawk träumten.

Und so, wie der Flug des *Flyers* in Kitty Hawk in unvorstellbarer Weise die Welt verändert hat, so könnte auch der Flug von Piccards *Solar Impulse* die Menschen davon überzeugen, dass möglich gemacht werden kann, was heute noch unmöglich erscheint.

Chronik

11. Jh. Der englische Benediktinermönch Eilmer stürzt sich mit selbst gebauten Flügeln vom Turm der Wiltshire-Abtei und bricht sich beide Beine.
15. Jh. Leonardo da Vinci fertigt anhand von Studien über den Vogelflug und die Luftströmungen Skizzen von unterschiedlichen Fluggeräten an.
1783 Im Ballon der Brüder Montgolfier steigen erstmals Menschen in einem Flugapparat in die Lüfte.
1784 Die Franzosen Launoy und Biénvenu bauen einen frühen flugfähigen Modell-Hubschrauber mit Doppelrotor.
1785 Jean-Pierre Blanchard und John Jeffries überqueren in einem Gasballon den Ärmelkanal.
1809/10 Der Engländer Sir George Cayley begründet mit dem Grundprinzip des Fliegens „schwerer als Luft" die Wissenschaft der Aerodynamik. 1809 baut er als Erster ein Gleitflugzeug und testet es. Ihm gelingen damit die ersten Flüge nach dem Prinzip „schwerer als Luft" in der Geschichte.
1811 Albrecht Ludwig Berblinger, „der Schneider von Ulm", stürzt mit einem selbst gebauten Hängegleiter vom Turm der Adlerbastei in die Donau.
1842 Das Hubschrauber-Modell von W. H. Phillips steigt in die Luft.
1852 Der Franzose Henri Giffard unternimmt mit seinem Luftschiff über Paris den ersten bemannten motorisierten Flug der Geschichte.
1857 Félix du Temple de la Croix führt in einem Flugzeug mit Dampfantrieb einen motorisierten Start durch.
16. April 1867 Geburt Wilbur Wrights in Melville, Indiana (USA)
19. August 1871 Geburt Orville Wrights in Dayton, Ohio (USA)
1891 Erster Flug Otto Lilienthals mit selbst gebautem Hängegleiter
9. August 1896 Otto Lilienthal stirbt nach einem Absturz aus knapp 20 Metern Höhe.
1899 Die Wright-Brüder beginnen mit dem Bau des ersten Fluggeräts, einem Doppeldecker-Gleitapparat.
1900 Erster Flug eines von Zeppelin konstruierten Starrluftschiffs
1900 Die Brüder Wright führen mit dem Doppeldecker-Gleiter unbemannte Testflüge in Kitty Hawk, North Carolina, durch.
1901 Angeblich erster Motorflug Gustav Weißkopfs, der allerdings nicht bewiesen ist
1901 Bemannte Gleitflüge der Wright-Brüder in Kitty Hawk mit veränderten Tragflächen
1902 Die Wright-Brüder testen in Kitty Hawk einen Gleiter, der sich als der erste voll steuerbare Flugapparat der Welt erweist.
1903 Dem Deutschen Karl Jatho gelingen einige Luftsprünge mit einem Motorflugzeug.
1903 Die Wright-Brüder bauen ihr erstes Motorflugzeug, den *Flyer.*
1903 Samuel P. Langleys Flugversuche mit dem *Great Aerodrome* scheitern schon wenige Meter nach dem Start.
17. Dezember 1903 Orville Wright gelingt mit dem *Flyer I* der erste gesteuerte Motorflug mit Propeller. Der *Flyer I* gilt damit als erstes funktionsfähiges Flugzeug der Welt.
1904 Bau des *Flyer II,* mit dem Orville Wright bereits einen gesteuerten Vollkreis fliegt
1905 Mit dem Bau des *Flyer III* entsteht das erste vollständig steuerbare Motorflugzeug. Wilbur Wright gelingt damit ein Flug von über 38,6 km in 39,5 Minuten.
12. November 1906 Der Brasilianer Alberto Santos-Dumont unternimmt in Europa den ersten öffentlichen und offiziellen Motorflug. Er erreicht eine Flugweite von 220 Metern.
1907 Erstes Abheben bemannter Hubschrauber. Die Apparate von Bréguet und Cornu können allerdings nicht frei fliegen.
1908 Die Wrights bauen das *Model A.*
8. August 1908 Der Durchbruch der Wrights: erster öffentlicher Motorflug Wilbur Wrights in Le Mans, Frankreich. Darauf folgen Schauflüge in Europa und Amerika, durch welche die Brüder Wright zu Berühmtheit gelangen.
17. September 1908 Absturz Orville Wrights aus 30 Metern Höhe. Sein Passagier, der Offizier Thomas A. Selfridge, kommt dabei ums Leben und ist damit das erste Todesopfer der motorisierten Luftfahrt.
25. Juli 1909 Der Franzose Louis Blériot überquert als erster Mensch mit einem Flugzeug den Ärmelkanal.
28./29. März 1910 Der Franzose Henri Fabre unternimmt mit seinem selbstkonstruierten Wasserflugzeug die ersten Flüge, die vom Wasser aus gestartet werden.
1911 Erster Bombenabwurf von einem Flugzeug während des italienisch-türkischen Krieges in Libyen
1. März 1912 Der Amerikaner Albert Berry wagt den ersten Fallschirmsprung aus einem Flugzeug.
30. Mai 1912 Wilbur Wright stirbt in Dayton, Ohio, an Typhus.
1914 Erster Flug eines Flugzeuges, das mit einem Kreiselstabilisator automatisch stabilisiert wird
1915 Hugo Junkers baut das erste Ganzmetallflugzeug aus Stahl, die *Junkers J 1.*
1915 Erste Luftkämpfe im Ersten Weltkrieg
1916 Hugo Junkers baut das erste Leichtmetallflugzeug.
1917 William E. Boeing gründet die Firma Boeing Airplane Co.
1919 Erste Linienflüge von Berlin nach Weimar
1919 Sir John Alcock und Whitten Brown schaffen die erste ununterbrochene Überquerung des Atlantik in einem Flugzeug.
1926 Die Deutsche Lufthansa nimmt Linienflugverkehr auf.
20. Mai 1927 Charles Lindbergh fliegt in seiner *Spirit of St. Louis* in 33,5 Stunden ohne Unterbrechung von New York nach Paris und vollbringt damit den ersten Alleinflug über den Atlantik.
1929 Die *DOX* ist mit einer Aufnahmekapazität von 158 Passagieren und 11 Besatzungsmitgliedern das bis dahin größte Flugzeug der Welt.
1929 Beginn mit Katapultstarts von Schiffen
1931 Der Amerikaner Wiley Post unternimmt als erster Mensch eine Weltumrundung im Soloflug.
1931 Der Schweizer Auguste Piccard steigt mit einem Ballon in die Stratosphäre auf.
1932 Die Amerikanerin Amelia Earhart überfliegt als erste Frau den Atlantik.
1936 Henrich Focke baut den ersten voll einsatzfähigen Hubschrauber.

1937 Das Luftschiff *Hindenburg* verbrennt bei der Landung.
1939 Erster Flug eines von Igor Sikorsky konstruierten Hubschraubers
1939 Die *Heinkel He 178* ist das erste Flugzeug mit Strahltriebwerk.
1941 Die *Messerschmitt Me 262* ist das erste in Serie gefertigte Flugzeug mit Strahltriebwerken, auch Düsenflugzeug oder „Düsenjäger" genannt.
1947 Charles Yeager durchbricht mit einem Flugzeug, der *Bell X-1*, die Schallmauer.
30. Januar 1948 Orville Wright stirbt in Dayton, Ohio, an Herzversagen.
27. Juli 1949 Das erste Düsenverkehrsflugzeug, die *de Havilland Comet*, wird gestestet.
1968 Erster Flug eines Überschall-Passagierflugzeugs, der russischen *Tupolew Tu-144*
1978 Der *Airbus A320* ist das erste Verkehrsflugzeug mit computerunterstütztem Steuerungssystem.
1999 Bertrand Piccard umrundet als Erster mit einem Ballon die Erde.
2003 Das Projekt *Solar Impulse* der Schweizer Bertrand Piccard und André Borschberg wird gestartet.
25. Oktober 2007 Erster Passagierflug des *Airbus A380*, des bis heute größten Passagierflugzeuges der Welt

Museen

Deutsches Museum Flugwerft Schleißheim
Effnerstraße 18
85764 Oberschleißheim
Die Luftfahrtsammlung des Deutschen Museums befindet sich zum großen Teil auf dem historischen Flugplatz in Oberschleißheim im Norden Münchens. Ergänzt wird die Sammlung durch die Luftfahrtausstellungen auf der Museumsinsel in München. Das Museum bietet ein umfangreiches Kinderprogramm an. Hier dürfen Kinder sich auch mal ins Cockpit setzen!

Deutsches Technikmuseum Berlin
Abteilung Luft- und Raumfahrt
Trebbiner Straße 9
10963 Berlin-Kreuzberg
Die Ausstellung lässt 200 Jahre deutsche Fluggeschichte lebendig werden – von Otto Lilienthals Gleitern bis hin zur legendären *Junkers Ju 52* oder der *Messerschmitt Bf 110*, die in Deutschland nur hier zu sehen ist. Eine Ausstellungseinheit zur Flugzeugtechnik veranschaulicht die Entwicklung und Funktionsweise von Motor, Fahrwerk oder Propeller, ein gläsernes Flugzeug gewährt Einblick in die komplexe Technik eines Luftfahrzeuges, und in einem originalen Schulgleiter aus den 1930er-Jahren können Kinder ihre Geschicklichkeit beim Steuern eines Gleitflugzeuges ausprobieren.

Flugausstellung Hermeskeil
Habersberg 1
Hunsrückhöhenstraße (B327)
54411 Hermeskeil II
Über 100 originale Flugzeuge werden gezeigt – von den Anfängen der Luftfahrt bis zum Düsenzeitalter. In einer *Concorde* mit 150 Sitzplätzen ist ein Café eingerichtet.

Luftfahrt-Museum Laatzen-Hannover e.V. Stiftung Günter Leonhardt
Ulmer Straße 2
30880 Laatzen
Neben einer ausführlichen Darstellung der Geschichte der Luftfahrt gibt es auch einige historische Flugzeuge zu besichtigen, darunter Lilienthals Normalsegelapparat und einen Nachbau von Lindberghs *Spirit of St. Louis.*

Luftwaffenmuseum der Bundeswehr
Kladower Damm 182
Eingang Ritterfelddamm/Am Flugplatz Gatow
14089 Berlin
Das Museum dokumentiert die Geschichte der Luftstreitkräfte auf deutschem Boden seit 1945. Der Schwerpunkt liegt dabei auf der militärischen Entwicklung in Deutschland seit 1945. Auf dem Freigelände sind über 100 Militärflugzeuge und -hubschrauber des Museums ausgestellt.

Otto-Lilienthal-Museum
Ellbogenstraße 1
17389 Anklam
Das Museum in Lilienthals Geburtsstadt informiert über den großen Flugpionier und zeigt Rekonstruktionen seiner zahlreichen Flugapparate. Im angeschlossenen Aeronauticon gibt es Flugtechnik zum Ausprobieren.

Verkehrshaus der Schweiz
Lidostraße 5
CH-6006 Luzern
Hier können Kinder im Flugsimulator Pilot spielen.

Zeppelin Museum Friedrichshafen
Seestraße 22
88045 Friedrichshafen
Die weltweit größte Sammlung zur Geschichte und Technik der Luftschifffahrt. Mit Familienführungen und Kinderprogramm

Buchtipp

Susanna Partsch, Rosemarie Zacher:
Der Traum vom Fliegen: Wie Leonardo & Co. sich und anderen Flugapparate bauten,
Berlin Verlag, Berlin 2008

Hörbuchtipp

Der erste Flug über den Atlantik – Charles Lindbergh, In der Reihe *Wissen!*
Lighthouse Home Entertainment, 2009

Filmtipps

Amelia
DVD 2010
Ein Film über Amelia Earhart, die erste Frau, die über den Atlantik geflogen ist

Die tollkühnen Männer in ihren fliegenden Kisten
DVD
Komödie von 1965 über ein Wettfliegen von London nach Paris

Veranstaltungstipp

Alle zwei Jahre findet die ILA, die Internationale Luft- und Raumfahrtausstellung Berlin, statt. Es gibt Flugvorführungen von Kunstfliegern und historischen Modellen und viele Flugzeuge modernster Bauart zu bestaunen.

Register

Seitenverweise auf Bildlegenden sind *kursiv* gesetzt.

A
Aerodynamik 36, 38, 60
Airbus 56, *57*
Airbus A320 61
Airbus A380 6, 55–57, *57*, 61
Alcock, Sir John 60
Armstrong, Neil 53
Atlantikflug (erster) 54, *54*, 60
Auftrieb 18
Autopilot 58

B
Ballon 11, 21, 57, *57*, 58, 60, 61
Bell X-1 61
Berblinger, Albrecht Ludwig 24, *24*, 60
Berry, Albert 60
Biénvenu, François 60
Blanchard, Jean-Pierre 60
Blériot, Louis 25, 52, 54, 60
Boeing Airplane Co. 60
Boeing, William E. 60
Bomber 60
Borschberg, André 59, 61
Bréguet, Louis Charles 60
Breitling Orbiter 3 *57*
Brown, Whitten 60

C
Cayley, Sir George 60
Chanute, Octave 24, *24*, 34, 36
CO_2 55, 58
Concorde 61
Cornu, Paul 60

D
Dädalus 22
Dayton, Ohio, USA *16*, 34, 36–37, 39, 45, *47*, 60
de Havilland Comet 55, 60
Der Vogelflug als Grundlage der Fliegekunst 17, *27*
Deutsche Lufthansa 60
DOX 60
Drachen 26, 27
du Temple de la Croix, Félix 60
Düsenflugzeuge 55, 61
Düsentriebwerke 53

E
Earhart, Amelia 55, 60
Eilmer von Malmesburg 22, 60

F
Fabre, Henri 60
Farman, Henri 49
Flügelprofil 19
Flügelschlagapparat 18, *19*
Flügelverwindung 26, 27
Flugkraftstoff 55–56, 58
Flugschauen 50, 52–53, *53*, 60
Flugzeugabsturz 20, *20*, 24, *24*, 36, *37*, 40–41, 44, 46, *50*, 51, 60
Flugzeugmotor 9, 41–42, *43*
Flyer I 43, *46*, 47, 48–49, 53, 60
Flyer II 48, 60
Flyer III 48, 60
Focke, Henrich 60
Fort Myers, USA 50, *50*

G
Giffard, Henri 11, 60
Great Aerodrome 43, *44*, 45, *45*, 46, 60

H
Hängegleiter *16*, 60
Hart O. Berg, Edith *50*
Heinkel He 178 61
Helicoptère (Modellflieger) 14, *14*
Hindenburg 60
Höhenruder 9, *27*, 32, 36, 41
Hubschrauber 23, 60, 61
Hufman-Prärie 48

I, J
Ikarus 22, *22*
Jatho, Karl 30, 60
Jeffries, John 60
Jones, Brian 57, *57*, 58
Junkers J 1 60
Junkers Ju 52 61
Junkers, Hugo 60

K
Katapultstart *8*, 10, 12, 44, 60
Kill Devil Hills 29, 32, 35, 36, 40
Kitty Hawk 6, 28–33, *29*, *30*, *32*, 35, *35*, 39, 42–47, 60
Kreiselstabilisator 60

L
L'Aéroclub de France *8*
Langley, Samuel Pierpont 43, *43*, *44*, 45, 60
Launoy, Christian de 60
Le Mans, Rennstrecke 8, 10, *10*, 11, *12*, 13, *13*, *49*, 50, 60
„leichter als Luft" 21
Leonardo da Vinci 22–23, 60
– Flugmaschine *23*
Lilienthal, Gustav 17, 18
Lilienthal, Otto 11, 17, *17*, 18, *19*, 20–21, *21*, *27*, 34, 60
– Hängegleiter *16*, 60
– Normalsegelapparat 20, *20*, 61
Lindbergh, Charles 52, 54, *54*, 60
Linienflüge 60
Lufthansa *s. Deutsche Lufthansa*
Luftschiff 60, 61
Luftschraube *s. Propeller*

M, N
Manly, Charles M. *43*, 44, *45*, 46
Messerschmitt Bf 110 61
Messerschmitt Me 262 61
Model A 8–9, *10*, 48, 60
Modellflugzeuge 14, *14*, 37
Montgolfier, Joseph-Michel und Jaques-Étienne 11, *11*, 60
Montgolfière 11, *11*, 60
Motorflug, erster 47, 60, 61
Mouillard, Louis 25
Navigation 54

P
Passagierflüge 50, 53
Passagierflugzeuge 55, 60, 61
Philipps, W. H. 60
Piccard, Auguste 57, 60
Piccard, Bertrand 6, 57–59, *57*, 61
Piccard, Jacques 57
Pilcher, Percy 25
Pilotinnen 53, 54, 60
Post, Wiley 60
Preisgelder 52
Progress in Flying Machines (Fortschritte in der Flugtechnik) 25
Propeller 8, 9, 42, 45, 46

Q
Querruder 26, *27*, 41
Quersteuerung 25–27

R
Rhinower Berge 17, 20
Rollen 26

S
Santos-Dumont, Alberto 25, 60
Seitenruder *27*, *41*
Seitenruderpedale *27*
„schwerer als Luft" 21, 60
Selfridge, Thomas E. *50*, 51, 60
Sikorsky, Igor 61
Smithsonian-Institut 22, 43
Solar Impulse 6, 59, *59*, 61
Solarflugzeug 57–59
Spirit of St. Louis 54, 60, 61
Startschienen 10, *46*, 47
Strahltriebwerke 42, 55, 61

T
Tate, Dan *30*, *33*
Tate, William J. 30, 32, *32*, 33
Taylor, Charles 41–42, 45
Testflüge 28, 32, 36, 42, 43–44, 45–46, 60
Tragflügel 18, 19, 26, *34*, 35, 37
Tupolew Tu-114 8
Tupolew Tu-144 61

U, V
Überschallflugzeuge 55, 61
Überschallgeschwindigkeit 53, 61
Verkehrsflugzeuge 55
Vogelflug 18, 19, *21*, 23, 26, 37

W
Wasserflugzeug 60
Weißkopf, Gustav 30, 60
Weltumrundung (solo) 60
West Side News (Zeitung von Orville Wright) 15
Windkanal 37, *38*
Wright, Katherine 39, 44, *49*, 52
Wright, Milton 14, *15*, 39
Wright, Orville 6–53, *19*, *34*, *39*, *41*, *49*, *50*, 60
Wright, Susan 14, *15*
Wright, Wilbur 6–53, *19*, *29*, *30*, *34*, *39*, *41*, *49*, *50*, 60
Wright-Gleiter von 1900 29, 30–33, *33*
Wright-Gleiter von 1901 35–36, *36*, 37
Wright-Gleiter von 1902 *37*, 38, 42

Y, Z
Yeager, Charles 61
Zeppelin, Ferdinand Graf von 60, 61

Bildnachweis
akg-images Berlin: S. 2, 8mr, 17ul, 37or, 53o/IAM/World History Archive: S. 49ml; CORBIS/Jason Reed: S. 28–29m; gettyimages/Don Klumpp: S. 47ml; INTERFOTO/Sammlung Rauch: S. 16ur; Library of Congress, Washington D. C.: S. 16ol, 25ol, 28ur, 31o, 32mr, 34–35m, 41o, 42or, 49o, 54mr; NASA: S. 32o, 46mr; picture-alliance/dpa: Umschlag vorn ul, Umschlag hinten l&ur, S. 4–5, 7ml, 56u, 57ol, 58ur, 59o/empics: S. 34u/Axel Häsler: S. 55u/KPA/TopFoto: S. 36–37/Mary Evans Picture Library: Umschlag vorn o, S. 50–51m; Pixelio/Dieter Haugk: S. 26or. Leider war es uns nicht in allen Fällen möglich, die Rechteinhaber ausfindig zu machen; alle Ansprüche bleiben gewahrt.

Quellennachweis
Harry Combs: *Brüder des Winds. Orville und Wilbur Wright – Ihr Traum vom Fliegen* © 1981 Athenäum, Königstein. Andreas Venzke: *Pioniere des Himmels – Die Brüder Wright* © 2002 Artemis & Winkler, Düsseldorf und Zürich. James Tobin: *Die Eroberung des Himmels – Die Gebrüder Wright und die Anfänge der Fliegerei* © 2003 Droemer, München. Leider war es uns nicht in allen Fällen möglich, die Rechteinhaber ausfindig zu machen; alle Ansprüche bleiben gewahrt.